BAILANDO PARA UN SICILIANO

Priesthood - Libro 1

ROSIBEL SEQUERA

amazon.com/author/rosibelabysai
goodreads.com/rosibelabysai
tiktok.com/@rosibelwattpad7
instagram.com/rosibelabysai

Playlist

"Mirrors" —Justin Timberlake
"Never Be The Same" —Camila Cabello
"Genius" —LSD
"Don't Blame Me" —Taylor Swift
"Electric Love" —BØRNS
"Juno" —Sabrina Carpenter
"Obsessed" —Zandros, Limi
"Stay" —Ari Abdul
"Freak" —Lana Del Rey
"Cherry" —Lana Del Rey
"Pillowtalk" —Zayn

Este libro está dedicado a todas aquellas que anhelan ser la debilidad de un mafioso. Nunca estará mal desear más.

Prólogo

Vittoria
Dos años atrás

—¡No! —grito cuando los hombres a los que mi padre me había entregado me toman de los brazos—. ¡Por favor, no lo hagas! ¡Papá, te lo ruego! —Las lágrimas corren por mi rostro sin inmutar al hombre que me procreó.

Había suplicado, gritado y arañado, pero ahora sabía que para mi padre no era más que un medio de cambio para saldar su deuda. Era más importante continuar con su adicción a las drogas que el futuro de su hija. Ya lo había entendido fuerte y claro.

—Llévensela de aquí. No quiero saber nada de ella. Y díganle a Savio que quiero un kilo de coca.

Sus palabras son el último clavo en mi ataúd.

Cuando me sacan de lo que alguna vez llegué a sentir como un hogar, no soy más que un saco de huesos, órganos y sangre. No había nada que pudiera hacer para evitar el destino al que mi padre me había condenado. Si intentaba escapar, me matarían. Si hablaba, me matarían. Si siquiera pensaba en hacer una estupidez, me matarían.

¿Así sería mi vida a partir de ahora? ¿Tendría que cuidar mi pensar y mi actuar para no acabar en la cuneta? ¿Acaso valía la pena vivir?

No tenía a nadie ahora. Era una huérfana de diecisiete años que odiaba a su madre por haberla abandonado cuando tenía cuatro años y que todavía no sabía si tenía el mismo sentimiento por su padre.

Niego mirando a la nada. Me habían subido al asiento trasero de una camioneta y ahora mis compradores conducían en completo silencio. No podía quedarme en silencio compadeciéndome de mí misma, así no era yo.

—¿A dónde me llevan? —decido preguntar ignorando el tamborileo acelerado en mi pecho.

Ambos hombres me miran por el espejo retrovisor. La maldad en sus ojos era casi palpable. Estaba segura de que si no tuvieran que entregarme a su jefe harían conmigo más que solo subirme a una camioneta en contra de mi voluntad.

—Al infierno sobre la Tierra.

Son las últimas palabras que escucho antes de que uno de ellos me golpee.

Abro los ojos y un fuerte zumbido inunda mis oídos. El cuerpo me dolía por haber permanecido tantas horas en la misma posición.

—¿Dónde...?

Mis palabras se detienen cuando veo los barrotes en la periferia de mi visión. Me levanto de la excusa de colchón en la que me habían acostado y observo a mi alrededor.

—No. No. No. —Las palabras salen a duras penas de mi boca.

Me habían encerrado en una jaula de acero bajo lo que parecía ser un sótano—. No...

Mis manos se aferran a los barrotes y mis rodillas golpean el suelo frío de concreto, el nudo en mi pecho se afloja hasta convertirse en un llanto incesante. No sabía dónde me encontraba ni quiénes me habían metido aquí, pero no eran buenas personas.

¿Qué harían conmigo? ¿Mantenerme aquí abajo hasta que muera de la paranoia o algo peor?

Cualquiera que fuera la razón, no quería descubrirla. Solo quería irme a dormir y despertar al día siguiente encontrando que todo esto no es nada más que una pesadilla.

—Despierta, *cagna*[1]. Es hora de que comiences a trabajar.

Me sobresalto al oír una fuerte voz masculina a mi lado. Mi espalda se golpea contra los barrotes cuando retrocedo, alejándome lo más que puedo de él, pero su sonrisa llena de satisfacción me dijo que esperaba que hiciera exactamente eso.

—Cuando estemos fuera de aquí, no querrás alejarte de mí. —dice arrogante—. Vamos.

Sale de la jaula, esperando claramente a que lo siga. Medito mis opciones por unos minutos hasta que decido ir con él. Era eso o que me obligaran a salir. No encontré diferencia en la estética del lugar hasta que subimos las escaleras del sótano y dimos a una salida de emergencia. Cuando se abrieron las puertas, mi pecho vibró con la música que inundaba lo que parecía ser un club nocturno.

El lugar estaba apenas iluminado, pero lograba ver con claridad a las mujeres bailando en los escenarios, apenas cubiertas por ropa, si es que a esos finos sujetadores se les podía llamar así. Los hombres en el lugar las miraban como si fueran lo más perfecto y hermoso que sus ojos hayan visto.

Las grandes manos de uno de los clientes del club tiran de mi cintura hasta llevar mi espalda contra su fuerte pecho. Cada uno de mis músculos se tensa a causa del miedo, pero no me congelo, sacudo mi cuerpo y brazos en un intento por liberarme.

—¡Oh!, me gustan así de luchadoras. —dice una voz ronca en mi oído, logrando que cada vello de mi piel se erice—. Tú y yo vamos a divertirnos mucho cuando llegue el momento...

—¡Suéltala!

La frialdad y poder que transmitía esta segunda voz me hace congelarme en mi lugar.

—Santis, esto no es asunto tuyo. Lárgate. —Intento mirar por encima del hombro para ver al segundo tipo, pero mi captor aprieta su agarre en mi cintura.

—Repite eso. —La sangre se agolpa a mis pies cuando escucho el sonido de un disparo por encima de la música—. O no.

Me giro lentamente para encontrar en el suelo el cuerpo del hombre que me había retenido. Había un agujero en su sien y la zona bajo su cabeza se veía brillante. Paso saliva.

Era sangre.

Mis ojos se encuentran con el rostro más frío y carente de emoción que he visto en mi vida. Sus facciones eran duras, angulosas. Llevaba el cabello corto, al igual que la barba que cubría la parte inferior de su rostro. Era hermoso.

Un hermoso asesino.

—¡Mierda, Dante! —El grito del hombre que me había sacado de la jaula resuena con fuerza. Miro alrededor y todos tenían la mirada fija en nosotros, mejor dicho, en mí. Los hombres me recorrían de arriba abajo y ahí es cuando recuerdo lo que llevo puesto; un corto vestido negro que me habían obligado a vestir antes de traerme aquí—. Ya hemos hablado de esto. No puedes seguir matando gente en mi club.

—No pude evitarlo, Abele.

La música comienza a sonar de nuevo y todos vuelven a lo suyo como si nada hubiera sucedido.

Un líquido tibio toca mis pies, retrocedo casi resbalando en el proceso, pero logro sujetarme a tiempo de una mesa. Para mi desgracia, mis movimientos atraen la atención de los dos hombres hacia mí.

—Mira el desastre que has causado ya. —acusa el hombre llamado Abele—. Las nuevas siempre son las peores.

Dante me recorre con la mirada, pero no había más que indiferencia en ella.

—Es una niña. —dice en tono neutral.

—Por ellas pagan mejor.

Abele me toma de la mano y me aleja de la escena para mostrarme a todos los hombres que hay en el lugar. Bloqueo cada segundo de las siguientes horas fingiendo que soy yo quien toma el arma de Dante y mata a todos lo que se me insinúan, tocan y miran.

Pero al final de la madrugada me devuelven a mi jaula con estas cinco palabras:

—Mañana te toca a ti. —dice Abele señalando a la chica en la jaula frente a mí.

Estuvo bailando en las piernas de un hombre mayor y luego se perdieron en una habitación por más de una hora. Se le veía muy infeliz.

Esa noche no dormí y las que le siguieron a esa tampoco.

UNO

Dante

—No. Quiero la cantidad de droga que acordé con Ethan. Ni más ni menos, ¿entendido?

—Sí, señor De Santis.

Cuelgo la llamada antes de que Tore pueda amargar el resto de mi noche con otra estupidez. Ser el don de la mafia italiana era un trabajo de tiempo completo, pero esta noche solo iba a concentrarme en una sola cosa.

El coche se detiene frente al club de Abele y bajo de inmediato. Los guardias de seguridad me dejan pasar en cuanto me ven. No había ni un solo rincón en Sicilia donde mi nombre no fuera reconocido y temido.

Ignoro la música y a todos a mi alrededor cuando entro. Ninguna de estas personas se acercaría a mí sin que yo los llamara, y de no ser así, ya conocían las consecuencias que traerían sus actos. Me dirijo a mi palco privado, donde tenía una vista perfecta del escenario en el que ella bailaría.

La vi por primera vez hace dos años, una noche en la que estaba en una reunión de negocios. Era en ese entonces una niña asustada que no se inmutó cuando asesiné a un hombre frente a ella, y algo en mí se removió cuando la vi tan triste, frágil y sola, pero ahora era una mujer que había aprendido que su cuerpo podía ser un arma en vez de su propia sentencia.

La había visto bailar durante dos años seguidos, al principio solo era para asegurarme de que estaba bien, pero con el paso de los meses se volvió una adicción verla danzar desde las sombras, y ahora eso ya no era suficiente. Quería que bailara únicamente para mí.

La música comienza con tonos suaves y sensuales; la silueta de su cuerpo es alumbrada por detrás del telón. Reconocería ese cuerpo en cualquier parte. El telón se eleva rebelando su atuendo; llevaba una minifalda negra con un top tipo corsé color rosado que seguro resaltaba el color de sus ojos.

Eran los ojos más verde claro que había visto en mi vida.

No pierde el tiempo y comienza a bailar, volviendo loco a todos los hombres en el lugar. Ella era el atractivo principal del club desde que llegó y no era el único que pensaba así. Sus movimientos eran sensuales, cada uno de ellos con la misión de hacerme perder la cordura. Me paso toda la presentación fantaseando con la idea de sacarla de aquí y llevarla a casa conmigo, pero si solo me la llevaba, tendría consecuencias, y no quería eso para ella. Actualmente ella era propiedad de los alemanes, en concreto, Abele Giordano era su dueño y lo odiaba a muerte por eso. Lo mataría en cuanto la tuviera conmigo, era una promesa.

Su presentación es corta, pero el final es la parte que más ansío porque es cuando sus ojos se dignan a mirar en mi dirección aun cuando no puede verme a causa de la oscuridad. Era consciente de que preguntaba por mí y mi vida, pero nunca se atrevía a acercarse, al igual que los demás.

Me pongo de pie y salgo de las sombras para que pueda verme después de dos largos años. Sus labios se entreabren a causa de la sorpresa, lo que me hace sonreír.

Voy por ti, pajarito.

—————✧∘✧∘✧————

Vittoria

Mi corazón logra hacerse escuchar por encima de los vítores y comentarios obscenos del público.

¿Por qué Dante de Santis me miraba como si quisiera acabar conmigo?

Salgo del escenario antes de cometer una estupidez, como el quedármele mirando con la boca abierta frente a todo el mundo. Aunque Abele nunca había sido especialmente malo conmigo después de mi primera noche aquí, no quería enfrentarme a su ira, en especial hoy. Se cumplían dos años de mi llegada, lo que solo era un recordatorio de como mi padre se había desecho de mí.

—¡Vi! —El grito de Abele me hace detenerme de forma abrupta. Nunca me llamaba después de un baile, siempre me dejaba irme a mi habitación. Era la única que tenía una, por eso todas las chicas de este lugar me odiaban. Sabía que debía preocuparme por ser la favorita de Abele, pero me ocuparía de eso cuando llegara el momento.

—¿Sí? —pregunto cuando llego a donde está. Me observa con una sonrisa divertida en los labios.

—Han pagado por ti para un baile privado.

Por segunda vez en la noche mi corazón se acelera hasta que puedo escucharlo latir en mis oídos.

—Debe ser un error. Nadie nunca ha querido un baile privado conmigo.

Su sonrisa se ensancha.

—Oh, Vi. No es un error. Te están esperando en el salón «vip1».

Se da la media vuelta sin ser consciente del desastre que soy por dentro.

¿Podía escapar de esto?

3

Me armo de valor y abro la puerta frente a mí.

Me di cuenta de que escapar no era una opción, me atraparían incluso antes de que llegara a la puerta de salida, y había visto cómo Abele desataba su ira con las otras chicas. No quería pasar en cama toda una semana sin poder trabajar a causa de los moretones.

Había visto las salas privadas solo de pasada, y era cuando las limpiaban, así que es toda una sorpresa cuando veo la habitación iluminada por una luz morada oscura. Había varios tipos de sofás en el lugar y un tubo de *pole dance* en el medio de estos.

El atuendo que llevaba era el más cubierto que había usado en dos años, pero me sentí completamente desnuda cuando sus ojos se posaron sobre mí.

Mi cliente era Dante de Santis.

—Ven aquí.

La autoridad en sus palabras me sobresalta y eriza los vellos de mi cuerpo al igual que la primera vez que oí su voz. Mis piernas se mueven por voluntad propia, como si estuvieran ansiosas por obedecer sus palabras. Me detengo frente a él con los nervios haciendo añicos mis sentidos. El olor de su colonia me envuelve hasta aturdirme. Llevaba un traje completamente negro, los primeros botones de su camisa de vestir estaban desabotonados, dejándome ver una parte de su pecho.

—Vittoria. —Todo en mi interior se estremece al escucharlo pronunciar mi nombre—. Ese es tu nombre, ¿cierto?

—Sí.

Susurro sobrecargada por todo lo que mi cuerpo estaba sintiendo. Durante dos largos años lo vi desde la distancia y en cada una de mis presentaciones logré sentir la intensidad de su mirada sobre mí. Mi necesidad de verle se debía más que todo al hecho de que me había defendido aquel día, y el que estuviera cerca me brindaba una especie de seguridad.

Asiente, sin dejar de mirarme, lleva sus manos a mi cintura y la aprieta. Trago, sintiendo la contradictoria necesidad de acercarme y alejarme de él.

—No puedes... —Sus manos me aprietan con fuerza.

—¿No puedo qué?

—No puedes tocarme.

Enarca una ceja y sonríe, frío.

—Mírame hacerlo.

Grito cuando me tira sobre su regazo y me rodea con sus brazos, aprisionándome.

—Esto es contra las reglas. —Dudo en pronunciar su nombre. Lo había visto matar a más hombres de los que me gustaría decir, y cada una de esas veces fue porque lo habían molestado.

—Nada es una regla a menos que yo lo diga, pajarito. Y tocarte no lo es.

Sabía muy bien quién era Dante y a lo que se dedicaba, pero no le temía a pesar de que podría matarme en un parpadeo con sus grandes manos.

Niego, sabiendo que discutir con un hombre como él es causa perdida, pero aun así lo intento una vez más.

—Si Abele se entera... —Abro los ojos como platos cuando presiona su dedo índice contra mis labios y su mandíbula se aprieta.

—No digas su nombre. No frente de mí, ¿entendido? —Asiento sin saber qué hacer. Esto estaba siendo muy diferente a las experiencias que las otras chicas habían tenido en sus bailes privados—. Ahora, quiero ese baile por el que he pagado. —Sus palabras eran suaves a pesar de ser una orden, aunque su mirada seguía siendo igual de fría. Intento levantarme para cumplir con lo que me ha pedido, pero se niega—. Bailarás sobre mí.

Mierda.

Toma el mando a distancia y la música que había escogido antes de entrar comienza a sonar.

Cada vez que bailaba me sentía en otro mundo, pero mientras me balanceo sobre su regazo, no me pierdo en mis pensamientos como me sucedía siempre. Lo miro a los ojos en todo momento, disfrutando del deleite en su mirada y del calor de su cuerpo.

Nunca hubiera creído que disfrutaría tanto de un baile privado, y cuando las últimas notas de la canción terminan de sonar, estoy jadeando y más excitada que nunca. Pero reglas son reglas sin importar lo que pensara Dante, y actualmente yo seguía en el mercado de las vírgenes. Si eso cambiaba, sin que alguien me comprara, creía a Abele capaz de matarme.

Me levanto de su regazo antes de que pueda retenerme de nuevo. No podía ver con claridad sus ojos, pero podía apostar a que sus pupilas se encontraban dilatadas. Y aunque permanecía igual de inmutable, la protuberancia en sus pantalones delataba que no me era indiferente.

No quería irme, tal vez esta sería la última vez que lo vería, ya que mañana sería la subasta y tenía el leve presentimiento de que alguien sí me compraría esta vez. Pero si no me iba, corría el riesgo de permitirme entregarle mi virginidad, porque prefería mil veces a que él la tomara a que lo hiciera un completo desconocido por el que no sentía el mínimo deseo.

Porque así era, deseaba a Dante de Santis, y observarlo desde lejos solo me había hecho anhelarlo más.

—Señor De Santis...

—No.

Frunzo el ceño.

—¿No qué? —digo con más brusquedad de la que debería, pero me sentía molesta conmigo misma por desearlo y frustrada por toda la situación.

Se pone de pie, recordándome lo alto que es. Mi cabeza apenas le llegaba al pecho.

—Di mi nombre.

—Esa es una extraña petición.

—Dilo.

Lleva su mano a mi cuello y me acerca a su rostro. Solo había unos pequeños centímetros de distancia entre sus labios y los míos.

—Dante —susurro con la respiración acelerada. Mis labios rozan los suyos al hablar y podía decir que estos parecían ser suaves y cálidos.

—Vete a tu habitación apenas salgas de aquí, pajarito.

Su tacto se aleja igual de rápido que se acercó. No he terminado de procesar lo que ha sucedido cuando escucho que la puerta se cierra a mi espalda.

Se había ido.

DOS

Vittoria

E staba inquieta y ansiosa por lo que sucedería en la próxima hora. Todos en el club habían trabajado sin descanso para que todo saliera según lo planeado, y Abele parecía extrañamente feliz.

Solía recibir ofertas antes de comenzar la subasta por alguna de las chicas, así que seguro tenía un jugoso trato entre las manos.

No había podido dormir durante toda la noche debido a lo sucedido con Dante. Seguía pareciéndome algo imposible de procesar. ¿Por qué se había acercado después de tanto tiempo?

Me sobresalto cuando llaman a la puerta de mi habitación. Suspiro. Debía bajarle un poco a mi paranoia. Tal vez nadie me compraría, tal y como había sucedido siempre.

—¿Sí? —Había aprendido por las malas a preguntar antes de abrir la puerta.

—Soy yo, Vi.

Suspiro cuando es Abele quien responde; lo que hacía estaba mal y estaba lejos de ser una buena persona, pero era mejor que muchos de los hombres que han puesto un pie en este lugar.

Ya estaba lista, así que abro la puerta, encontrándolo de pie frente a esta.

—¿Lista? —Asiento y tomo el brazo que me tiende.

Me escoltaba hasta la tarima todo el tiempo, tampoco me dejaba recorrer los pasillos sola. Siempre tenía alguien cuidándome. Era una manera extraña de hacerme ver que se preocupaba por mí, si es que eso era.

La tarima estaba igual a como todos los años; luces iluminando el centro de esta, una alfombra roja sangre iba de un extremo a otro y había un presentador en la esquina. Las mesas donde se encontraba el público seguían igual que siempre, acomodadas estratégicamente para que todos tuvieran una excelente vista.

Detrás del telón del escenario se encontraban chicas con las que había trabajado a lo largo del año y algunas nuevas. Un nudo se aprieta en mi garganta. ¿Cuántas de ellas fueron vendidas por su padre o madre para seguir pagando su adicción? ¿O cuántas eran de la calle y habían terminado aquí? Si pudiera tomar el dolor de cada una de ellas y hacerlo mío, lo haría. No quería que ninguna pasara por lo mismo que yo o mis compañeras.

—Irás en el medio —me indica Abele ignorando por completo mi bajo estado de ánimo. No es como si tuviera que importarle igual. Estaba segura de que el dinero era el único idioma que él entendía.

Asiento y me acomodo en mi puesto. Tomo respiraciones lentas cuando corren el telón. Demostrarles el miedo a estos hombres era lo peor que podía hacer. No miro a ninguno a los ojos, ignorándolos por completo, y me pierdo en el recuerdo de estarle bailando a Dante. Los minutos pasan en un borrón mientras subastan a las otras chicas, pero cuando llega mi turno, los minutos se convierten en lo que parecen ser horas.

—A continuación, tenemos a la hermosa y pura Vittoria. Es una excelente bailarina, por no decir que la mejor del club. Tiene diecinueve años... ¡Oh! ¡Cinco mil euros el caballero de la mesa cuatro! —Sus palabras me toman por sorpresa, ya que apenas estaba comenzando con mi presentación.

Desde mi posición no podía ver al público, ya que los reflectores me encandilaban. No había sido un error de cálculo, ¿cómo podías temerle a algo que no podías ver? A Abele le gustaba mantenernos en la ignorancia.

—¡Diez mil euros, señor de la mesa ocho!

Paso saliva al escuchar la cifra, lo máximo que habían ofertado por mí eran ocho mil euros. ¿Por qué estos dos caballeros querían comprarme con tanta necesidad? Ambos hombres suben sus ofertas de cinco mil en cinco mil hasta que el presentador anuncia a un nuevo posible comprador:

—Medio millón de euros el caballero del área «vip1».

Jadeo al escucharlo. ¿Ese hombre acaso había perdido la razón? En ninguna de mis otras subastas los hombres en el área vip habían ofertado por mí.

¿Qué demonios estaba pasando?

El lugar permanece por unos momentos en completo silencio. El ambiente se sentía cargado de tensión y todos los demás participantes en la subasta parecieron percatarse de ello, menos uno.

—¡Un millón de euros el caballero de la mesa cuatro! —A pesar de la expresión estoica del presentador, la sorpresa se había filtrado en su voz. Hasta donde sabía, era la cifra más alta que alguien había ofrecido en este lugar...—. ¡Dos millones de euros el caballero del área «vip1»!

Un murmullo se extendió por todo el lugar, que fue callado de inmediato por el presentador cuando declaró con voz fuerte:

—¡Vendida al caballero del «vip1»!

Condenada.

Esas pocas palabras sellaron los grilletes en mis manos.

Abele me estaba esperando en los camerinos con mis pocas pertenencias en un bolso. Por su sonrisa, podía decir que lo creía capaz de besar el piso por donde caminaba, ya que había ganado dos millones de euros en una sola noche. Estaba segura de que era más de lo que ganaba en un mes.

—¡Vi! —Su grito, acompañado por un abrazo, me toma por sorpresa. El olor a alcohol me inunda de inmediato. Estaba borracho. Abele y el alcohol eran muy mala combinación.

—Abele... No puedo respirar. —miento con la esperanza de que le preocupe el hecho de que no pueda hacerlo, después de todo, solo recibiría el dinero si salía en perfectas condiciones de aquí.

—Claro, claro. —Se aleja y me entrega mi bolso—. Solo quería decirte una cosa. —Se inclina hasta quedar a la altura de mi oído—. Asegúrate de ser una buena chica. Y si llego a enterarme de que le has contado de lo que te pasó en este lugar, te mataré.

Me quedo en mi sitio, incluso minutos después de que se ha ido del camerino. Los recuerdos de mi segunda noche aquí pasan a la velocidad de la luz.

No. Él nunca lo sabría.

Entro al coche con todos los nervios a flor de piel, pero estos son congelados cuando veo al hombre que está sentado frente a mí.

—Tú.

—Yo. —La sonrisa en el rostro de Dante de Santis era de completa soberbia. Él me había comprado. Había pagado dos malditos millones de euros por mí. ¿Pero por qué? Ayer le había dado mi primer baile privado y, aunque había sido evidente de que ambos anhelábamos más, no era suficiente motivo para pagar esa cantidad exorbitante de dinero.

—¿Qué fue lo que hiciste? —susurro sin encontrar un motivo evidente en todo esto.

Se inclina hasta el punto en que sus rodillas chocan con las mías. Echo el rostro hacia atrás cuando sus dedos rozan mi mejilla.

—Vine por lo que es mío.

«Mío».

Siempre esa palabra o las mismas frases: «Eres de mi propiedad», «me perteneces» o «puedo hacer lo que sea contigo». Cada una de ellas eran sinónimos de «objeto».

Había salido de ese club lista para cumplir cualquier papel que la persona que me había comprado quisiera que interpretara, pero ahora que miraba mi nueva realidad a la cara, estaba segura de que nunca más quería ser tratada como un objeto.

—Nunca vuelvas a llamarme tuya. —Su mirada se endurece con la ira brillando en ellos—. Y si crees que lo seré en algún momento, te equivocas. Juro que te odiaré hasta el día de mi muerte por sacarme de una jaula para meterme a otra.

Había estado muy equivocada con Dante la noche anterior. Nunca debí sentirme segura cerca de él. Todo este tiempo que me observó solo vio una potencial compra, no a una bailarina a la que le gustaba estar en un escenario, que era el único donde lograba sentirse libre.

—Te equivocas, pajarito. Eres mía desde que te vi. —Mi corazón enloquece al escucharlo—. A casa, Nicola. Es hora de que Vittoria conozca su nuevo hogar.

Y segundos después a sus palabras, comenzamos a alejarnos del club.

TRES

Dante

Vittoria permanece en silencio durante todo el recorrido, y cuando llegamos a mi casa, está profundamente dormida en la esquina más alejada de mí. Bien, lo primero era señal de que no me tenía miedo y lo segundo de que sin duda no soportaba estar en mi presencia.

Era un comportamiento completamente diferente al de la noche anterior. El recuerdo de ella bailando sobre mí me hace sonreír. Sí, pasaría mucho tiempo hasta que pudiera tenerla así de nuevo.

—Gracias, Nicola. Es todo por esta noche.

Mi chofer asiente y sale del coche. Permanezco en el interior por unos minutos, observándola dormir. Había cierta paz en sus rasgos que nunca le vi y ahora quería saber si había otras maneras de traerle esa misma paz.

La tomo en brazos, con cuidado de no despertarla, y la llevo a mi habitación. Se acomoda entre mis almohadas en cuanto la acuesto sobre ella, la cubro con una sábana, y antes de irme, la miro por unos largos y a la vez cortos segundos.

Estaba aquí. Y sin importar lo que ella creyera, nunca se iría.

—————————◇∘◇∘◇—————————

Ignoro a Pasquele cuando entra por la puerta de mi despacho. Apenas si había podido dormir algo, así que en cuanto salieron los primeros rayos del sol, me levanté a trabajar. Pasé por mi habitación para ver cómo estaba Vittoria antes de irme al despacho, y la encontré tal y como la había dejado. Tenía el sueño bastante pesado al parecer.

—Lo hiciste, ¿no es así, Dante? —La voz de Pasquele me trae de vuelta.

—No sé de qué hablas. —No lo miro cuando respondo.

Pasquele Buratti era mi *consingliere*[1], también lo había sido de mi padre y del suyo. Así que conocía muy bien a los De Santis, por lo que sabía que había llegado con Vittoria a casa anoche.

—La compraste a pesar de que no nos involucramos con personas como Abele. —No esperaba que le confirmara lo que acababa de decir, así que permanezco en silencio, continuando con el trabajo—. ¿Cómo estás tan seguro de que ella no es tan solo un capricho?

—No lo es.

—¿Cómo lo sabes? —Vuelve a presionar, esperando una respuesta, pero no la obtendrá.

—No te concierne, Pasquele.

Bufa, claramente indignado por mis palabras.

—Los asuntos de la *famiglia* me conciernen, muchacho. Solo será cuestión de días para que todos sepan que fuiste tú, el gran y frío Dante, quien pagó dos millones de euros por una mujer. Tus enemigos pensarán que estás enamorado, lo que los hará más audaces, ya que te verán como un contrincante débil.

—Nadie en su sano juicio me atacaría —gruño molesto, pero tenía un punto de razón en lo que estaba diciendo. Ahora todo el mundo la tendría en la mira, buscando la mejor manera de llegar a mí y matarme. Herirme en el mejor de los casos.

—Tal vez eso sea cierto, pero hay uno que lo haría sin dudar.

Mi garganta se cierra al imaginarme a Vittoria bajo sus garras. ¿Qué era esa emoción aplastante en mi pecho? ¿Dolor? ¿Miedo por lo que podría pasarle? No lo sabía, pero no me gustaba sentirlo.

—No. No le sucederá nada.

Me voy de ahí antes de cometer una estupidez y busco a Vittoria, pero cuando llego a mi habitación, casi deseo regresar con Pasquele.

Mierda.

Vittoria

Cuando abrí los ojos y no supe en dónde me encontraba, perdí el control. Destruí la habitación entera y, solo cuando vi la ira en los ojos de Dante, me di cuenta de que había vuelto un desastre sus cosas.

Retrocedí cuando él dio un paso en mi dirección. No quería demostrarle el miedo que sentía, pero ¿y si era como Abele cuando se molestaba? ¿Me golpearía hasta que perdiera la conciencia? ¿O haría algo mucho peor? No había nadie en este lugar que me salvara, y por más que yo lo quisiera, tampoco podría salvarme a mí misma.

—Dante, yo... Lo siento. —Decido irme por el papel de chica indefensa y asustadiza. Tal vez así no le quedarían ganas de hacerme daño.

—No. No uses eso conmigo. No funcionará.

Frunzo el ceño.

—¿Qué no funcionará?

Acorta la distancia entre nosotros en pocos pasos, acorralándome contra la pared. Mierda. Mierda. Mierda.

—Pronunciar mi nombre con miedo. Sé que no me temes, pajarito. Si no, no te hubieras quedado dormida anoche frente a mí.

Sí, eso había sido muy insensato. Podría haberme hecho cualquier cosa mientras dormía, pero una parte de mí no lo creía capaz de tal cosa a pesar de todo lo que había escuchado de él.

—Así que no retrocedas. Nunca —continúa—. Pelea conmigo si así lo quieres. Pero no bajes la mirada ante nada ni nadie. Ahora estás conmigo, Vittoria, y cualquiera que te falte el respeto terminará muerto. ¿Está claro?

No, no lo estaba. No entendía nada de lo que estaba pasando y mucho menos su comportamiento. Ante los ojos de todo el mundo en esta casa, no era más que una mujer para follar, ¿por qué siquiera me respetarían?

—Pajarito. —Lo miro aún perdida en mis pensamientos—. Puedo escuchar desde aquí que le estás dando vueltas a esto.

—Estás loco. ¿Cómo no voy a hacerlo? Un día estoy bailando en un club y al otro estoy en la casa de un hombre al que no conozco. ¡Pagaste dos millones de euros para traerme contigo, Dante!

—Y lo haría de nuevo. —La diversión bailaba en su rostro. Maldición, esto lo estaba divirtiendo.

—¿Pero qué cosas dices? —susurro estupefacta.

Sabía muy bien que los hombres como él estaban fuera de sus cabales, pero esto era otro nivel de locura.

—¿Por qué estoy aquí? ¿Para qué me quieres? ¿Y por qué demonios me dices pajarito? —grito.

Ladea la cabeza y me observa de arriba abajo. Ya no había diversión en su rostro. La seriedad y frialdad habían regresado.

¿Se había molestado?

—Le diré a mi asistente que te compre algunas cosas. Luego acompáñame en el comedor.

Sale de la habitación, dejándome sola de nuevo.

A diferencia de lo que Dante me había ordenado hacer, no salí de mi habitación, ni el día siguiente. Solo al tercer día me animo a poner un pie afuera. Dante me había estado enviando mis comidas sin falta, al igual que cualquier otra cosa que él creyera que necesitara: ropa, zapatos, libros. Incluso me envió flores; no sabía muy bien cómo sentirme todavía ante eso. Pero no lo había visto en esos dos días. No sabía si su distancia se debía a la evidente ira que tenía contra él o a otra cosa.

Recorro los pasillos hacia el comedor. Apenas amanecía, pero tenía la sospecha de que se encontraba despierto. La casa era gigante y hermosa. Tenía toques modernos aquí y allá, y se sentía cálida. Acogedora.

La habitación de Dante se encontraba en el tercer piso, que era el último de la casa, y durante mi recorrido descubro una biblioteca y otras habitaciones completamente vacías. ¿Acaso nadie más vivía aquí?

La voz de Dante me guía hasta lo que parecía ser la cocina, la que de hecho era un caos. Una mujer daba órdenes gritando a diestra y siniestra en italiano, pero cuando me ve, se detiene en seco, lo que de inmediato atrae la atención de Dante, que también se encontraba discutiendo con la mujer, al parecer.

—Oh, *piccola ragazza*², creí que Dante te tenía encerrada en el calabozo. —La mujer se acerca a mí, pero retrocedo.

Mi garganta se seca ante sus palabras. ¿Tenía... un calabozo? ¿Iba a encerrarme ahí ahora?

—Mierda, Giada, te dije que estaba bien. —Vuelvo a retroceder cuando da un paso en mi dirección.

Calabozos. Metal frío a mi alrededor. Humedad. Gritos. Humedad. Gritos. Humedad. Gritos...

—Vittoria. —La voz de Dante atrae mi atención. Ya no se encontraba al otro lado de la cocina, sino frente a mí con mi rostro entre sus manos—. No hay calabozos aquí, ¿sí? Así que respira hondo. —Su mirada se encuentra inundada por emociones que no era capaz de descifrar, y tampoco tenía ganas de adentrarme en ellas.

No me había dado cuenta de que había estado manteniendo la respiración, y cuando vuelvo en mí, me percato de una extraña calidez en las palmas de mis manos. Me había herido las palmas con las uñas al apretarlas con tanta fuerza.

Asiento, recordando lo que había dicho.

—Me gustaría comer algo —digo con la intención de alejar a Giada y a Dante de este tema, y ambos parecen captarlo, porque me conducen de inmediato al comedor.

Con cuidado de que Dante no se percate, me limpio las manos con una servilleta de tela por debajo de la mesa y luego la guardo en el bolsillo de mi sudadera.

Giada y otras mujeres, de las que no me había percatado cuando había entrado a la cocina, nos sirven un banquete. Dante se sienta en la cabeza de la mesa, quedando a mi lado derecho.

—No me comeré esto yo sola.

Su risa me toma por sorpresa. No parecía el tipo de hombre que se reía, pero le sentaba, lo hacía ver más joven y relajado.

—No te preocupes, los chicos se lo terminarán de comer más tarde.

Frunzo el ceño.

—¿Chicos? ¿No vives aquí solo?

Niega.

—No. Todos mis guardias viven aquí, al igual que Giada y su personal. —Mi rostro debe expresar la sorpresa que siento, porque una pequeña sonrisa decora sus labios—. ¿Qué?

Me encojo de hombros y tomo un bocado de fruta.

—Eres el don.

—¿Y?

—Bueno, no es que sepa mucho sobre cómo funcionan las

cosas aquí, pero no me esperaba que vivieras con las personas que trabajan para ti.

—No es algo común, sí. Pero me gusta que mi gente no se sienta como simples trabajadores. Quiero que confíen en mí y sean leales porque les importo, no por el dinero.

Me le quedo mirando por lo que parecen ser horas, pero solo transcurren pocos segundos.

—Estaré fuera todo el día —dice luego, poniéndose de pie—. Eres libre de recorrer la casa, y si quieres salir, dile a Giada y ella le dirá a uno de los muchachos que te acompañe.

—Dante —lo llamo antes de que se pierda por uno de los pasillos.

—¿Sí, pajarito?

—¿Qué es lo que quieres conmigo?

La intensidad de su mirada sacude todo en mi interior. Era demasiado.

—Pasaré a verte más tarde.

Y con eso se va. Pero de algo estaba segura, nada de lo que había escuchado sobre él era del todo cierto.

Así que, ¿quién era en realidad Dante de Santis?

Dante no volvió a casa sino hasta la tarde del día siguiente. Había recorrido y explorado cada pasillo y habitación de la casa y explorado los jardines de afuera en compañía de Renato, uno de los guardias de Dante. No hablaba mucho, pero era agradable no estar completamente sola en un lugar en el que no conocía a nadie. Aunque no había mucha diferencia entre mi actual situación y la anterior. Nunca me llevé bien con las chicas del club, así que siempre estaba sola.

Dante entró por las puertas de la biblioteca como un torbellino, pero en cuanto me vio, sus pasos acelerados se detuvieron.

—Aquí estás.

Asiento, volviendo la mirada a mi libro.

—Aquí estoy.

—No me acordaba de este lugar —dice y suspira, como si el estar aquí le trajera recuerdos—. Lo siento por no regresar anoche.

Se sienta en el sofá frente a mí, podía sentir su escrutinio.

—Conozco las tareas que tienes que hacer como don de la mafia italiana, por lo que comprendo que esta no será la primera vez que llegas después de lo dicho.

No estaba molesta ni dolida, solo resignada. No podía escapar de él, tenía demasiado poder y conocidos. A donde fuera, me encontraría.

—Aun así, intentaré llegar para la próxima.

—Está bien —digo sin mirarlo todavía.

—¿Estás bien?

Suspiro, cansada.

—No, Dante. No estoy bien. Llevo cinco días en este lugar y aún no entiendo para qué me trajiste. No conozco a nadie. No tengo nada que hacer. Yo... yo simplemente ya no sé quién soy. Mi niñez fue una mierda, luego descubrí que era buena bailando, no importaba que tuviera que hacerlo frente a otros hombres, porque era algo mío. No sé cómo continuar en un entorno como este.

Mis palabras parecen tomarlo por sorpresa porque permanece varios minutos en silencio.

—No necesito que respondas. Solo quería que supieras cómo me sentía y lo que tus acciones han provocado.

—No me arrepiento de haberlas tomado.

—Tengo dos preguntas y espero que puedas responderlas. Con la verdad.

—Te escucho.

Me cruzo de piernas y lo miro a los ojos. No quería perderme ninguna de sus reacciones.

—¿Te gusta que esté aquí? —Necesitaba saberlo, así sabría qué posibilidades había de que si escapaba no me buscara.

—Más de lo que debería, pajarito.

Paso saliva. Bueno, ahora estaba segura de que sí me buscaría.

—¿Por qué me compraste?

Los músculos de su mandíbula se tensan.

—Primero, no vuelvas a pronunciar esas palabras. Segundo, lo que compré fue la llave de las cadenas que Abele te había puesto.

—Eso no responde la pregunta que te hice.

—Bien, quieres la verdad. Aquí la tienes: necesito casarme para tener un heredero.

Sus palabras me dejan fría.

Casarse para tener un hijo.

—¿Estás diciendo que quieres casarte conmigo? —Las palabras salen de mi boca como algo irreal. Porque debía de serlo.

—Sí, eso estoy diciendo.

—¿Acaso no había alguna princesa de la mafia por ahí con la que casarse? Estoy segura de que alguna de ellas hubiera aceptado gustosa.

Enarca una ceja.

—¿Insinúas que soy apuesto, pajarito?

Mi rostro se sonroja. No. Bueno, sí. Pero no había sido mi intención. Lo era, así que no era ningún misterio.

—Ese no es el punto. ¿Por qué no casarse con la hija de alguno de tus capos?

—Para nunca haberte involucrado con la mafia, sabes mucho de ella.

—A los hombres en el club les encanta hablar. ¿Y bien?

—No quería a ninguna de esas mujeres.

No las quería a ellas, ¿pero a mí sí?

—Iré a descansar —digo y me escabullo a mi habitación,

bueno, a la suya. Necesitaba pensar. Procesar lo que había dicho e intentar comprenderlo.

¿Cómo sería mi vida si me casaba con Dante? Sin duda, tal vez muchas cosas cambiarían.

¿Y qué pasa con la parte de tener un hijo? ¿A su hijo?

No había tenido el mejor ejemplo de padres, ¿y si eso me hacía una mala madre?

Dios, ¿por qué siquiera estaba considerando aceptar su propuesta?

—Argh. Te odio, Dante de Santis.

CUATRO

Dante

Observo salir a Vittoria de la biblioteca. Cada parte de mi cuerpo me gritaba que fuera tras ella y la besara como tanto quería, pero necesitaba tiempo para asimilar su nueva vida y lo que le había pedido. Apenas si me conocía, pero mientras más claras tuviera las cosas, mejor iría todo.

Me hubiera gustado pasar el día a su lado y conocerla un poco más. Pero dejaría que ella me buscara. Tomo mi teléfono y llamo a Pasquele.

—¿Qué tienes para mí?

—Tenemos a uno de sus chicos. Ven al almacén.

—Estoy en camino.

Paso por mi habitación antes de irme. La necesidad de saber dónde está en todo momento cada vez era más difícil de controlar, así que tenía que conformarme con los reportes que me daba Giada cada tres horas. Le había pedido que ella misma escogiera las horas para reportarse, porque si fuera por mí, lo haría cada quince minutos.

Encuentro a Vittoria, acostada boca abajo en mi cama con su

cabello esparcido por mis almohadas. Había enviado a mis hombres a arreglar la habitación luego de que decidiera desahogar su ira con mis cosas.

Me gustaba tenerla en mi espacio.

—Te odio, Dante de Santis.

Mi corazón enloquece como lo hace cada vez que la escucho decir mi nombre. No me importaba el que me odiara. Maldición, me alegraba que sintiera algo por mí. Solo necesitaba un poco de tiempo con ella para eliminar su odio por mí y sustituirlo por otro sentimiento.

Pero yo también te odio, pajarito. No sabes cuánto.

Golpeo el rostro de aquel hombre.

—¿Qué es lo que estabas buscando? —pregunto, por lo que parece ser por millonésima vez.

—Vete a la mierda.

Lo golpeo un par de veces más para liberar un poco del estrés que esta situación me ha traído. Le hago señas a Marco, quien era el encargado de sacarle la información a todos los hombres que eran traídos a este almacén.

—Llámame cuando logres sacarle algo.

—Entendido.

Me encuentro con Pasquele, esperando en el coche. Al hombre nunca le habían interesado las golpizas, disfrutaba más de los arreglos diplomáticos.

—Daniele se está acercando cada vez más —dice en cuanto tomo asiento en el puesto del conductor.

—Lo está haciendo. Deberíamos hacerle una visita a uno de sus oficiales.

—Tal vez. O podríamos ver qué quiere.

Como dije, era muy diplomático.

Daniele Greco era capitán del Ejército italiano, y aunque toda la policía de Sicilia estaba en mi bolsillo, él y sus oficiales habían sido imposibles de comprar. ¿El porqué? No lo sabía. Me secuestró cuando tenía doce años, asesinó a mis padres y luego comenzó a cazarme cuando me volví el don. Y ahora había logrado infiltrar a sus hombres entre los míos.

Su resentimiento hacia mí y mi familia era tan grande que todos sus recursos los invertía en atraparme.

Ya no podía confiar en todos mis hombres y eso me molestaba. Cualquiera podría estar trabajando para Daniele sin importar lo bueno y generoso que he tratado de ser con todos. Y ahora que tenía a Vittoria bajo mi techo, debía tener más cuidado a quién le confiaba mis planes.

—Volveré en un momento —le digo a Pasquele al detenerme frente al club de Abele.

—¡No mates a nadie, Dante! —grita antes de que se cierre la puerta del piloto.

En otras circunstancias tal vez habría tomado en cuenta sus palabras, pero en estos momentos lo único que podía recordar con claridad era el miedo que vi en los ojos de Vittoria cuando Giada pronunció la palabra «calabozo».

Era pleno mediodía, así que el lugar estaba solo. Sabiéndolo, voy a su encuentro en su oficina. En cuanto entro, las ganas de matarlo se multiplican por mil.

—¡Dante! —grita dopado hasta la mierda—. ¿Viniste por más de mi mercancía?

Las mujeres que se encontraban sentadas en su regazo, completamente desnudas, arrugan la cara en una mueca de asco. Lo que creí, no estaban con él por voluntad propia. Quién sabe lo que les hace el hijo de puta cuando se niegan a hacer lo que él quiere.

—Fuera —digo, señalándolas. Ambas no dudan en tomar sus cosas e irse—. Te lo preguntaré una sola vez. ¿La encerraste?

—¿De qué hablas? ¡No sé lo que te dijo esa mujer, pero nada es cierto!

Ladeo la cabeza. Ya no parecía tan drogado.

—He ahí el asunto, Abele. No me dijo nada. —Sonrío—. Entonces, ¿qué es lo que tienes que decirme y por qué te preocupa tanto que lo sepa?

Su rostro palidece. El miedo sin duda era el enemigo de todos los seres humanos.

—No le pasó nada. Lo juro. Puedes preguntárselo.

—Estoy seguro de que si lo hago, me mentirá. ¿Y por qué crees que lo haría? —Era una pregunta capciosa y él lo sabía. Saco mi arma y la pongo sobre su escritorio—. Dime, Abele. ¿Por qué crees que le teme a los calabozos? ¿Por qué crees que la escucho gritar dormida por las noches?

Estaba seguro de que ella no era consciente de que lo hacía. Había estado con ella tres de las cuatro noches en las que llevaba durmiendo en mi cama, y en las tres ocasiones la había abrazado hasta que sus gritos cesaron y nunca se despertó, de haberlo hecho, me habría sacado a gritos de la habitación.

—¡No lo sé! ¡Lo juro, Dante!

Chasqueo la lengua molesto. Quería volver a casa para ver si seguía impregnando las sábanas de mi cama con su aroma o si había regresado a la biblioteca. Se pasaba la mayor parte del tiempo ahí adentro. Pero con cada mentira que salía de la boca de Abele veía cada vez más lejos mi regreso. Tendría que torturarlo para que me diga lo que tanto quiero saber, así podré ayudarla a combatir sus demonios nocturnos.

—Esto no está funcionando. —Tomo mi arma y le disparo en la rodilla antes de que siquiera parpadee. Cae de espaldas al sillón, chillando como una rata. Nadie se acercaría a él hasta que me fuera de aquí. Podrán ser alemanes, pero este era mi territorio, por lo que cualquiera que entrara con la intención de salvarlo terminaría muerto—. Comencemos de nuevo. ¿La encerraste en uno de tus calabozos?

Apunto hacia su otra rodilla cuando le veo intenciones de no responder.

—¡Sí! ¡Sí la encerré!

—Hijo de puta. —Le disparo en la otra pierna y vuelve a gritar.

—¡¿Por qué?! ¡Te dije la verdad!

—Y esa es la que te llevará a la muerte. ¿Por cuánto tiempo la encerraste?

—¡Solo la primera noche! —Sabía que no me estaba mintiendo. Yo mismo me había asegurado de que así fuera, pero no siempre podía pasar por aquí y ver que estuviera bien, así que él debió aprovechar uno de esos días para lastimarla y encerrarla —. ¿Por qué haces esto? ¡Es solo una mujer más!

Lo tomo del cuello y lo miro con toda la ira de que soy capaz.

—Ahí es donde te equivocas. No es una mujer más. ¡Es la futura señora De Santis! Así que, al herirla, hieres a toda la mafia italiana.

Sus ojos se abren como platos al escucharme. Debía creer que me había vuelto loco, pero nunca me había sentido tan cuerdo.

—Tu gente será tu propia ruina —dice riendo—. Van a matarte.

—Dime lo que le hiciste.

Su sonrisa se ensancha.

—Que tu futura señora De Santis te lo diga.

Se relame los labios, lo que me hace sentir asqueado como la mierda.

—Vete al infierno. —Disparo importándome muy poco el desastre que estaba haciendo, le hubiera hecho algo o no, sus días de igual forma habían estado contados. El simple hecho de que le quitó la libertad a Vittoria era motivo para matarlo.

Solo me siento satisfecho cuando el cartucho del arma queda completamente vacío. El sillón, antes blanco, ahora era un desastre de rojo. La escena era un espectáculo para la vista, incluso me atrevería a decir que a mi pajarito le hubiera gustado.

Regreso al coche con toda la camisa salpicada de sangre, pero Pasquele decide guardar silencio y concentrarse en lo que sea que estuviera viendo en su teléfono.

Cuando llego a casa, le pregunto a Giada por Vittoria y esta señala la puerta que da a los jardines.

Subo al tercer piso y me dirijo a mi habitación. Salgo al balcón y la veo de inmediato. Estaba junto a uno de los jardineros, observando cómo cuidaba las flores. Llevaba guantes en las manos y el cabello recogido en un moño.

A un par de metros de distancia se encontraba Renato con la mirada puesta en los alrededores. Me gustaba Renato como su guardaespaldas, era excelente en su trabajo y no era ni muy joven ni viejo, por lo que no intentaría pasarse de listo con ella. La observo trabajar por un par de horas mientras atiendo algunas llamadas, y es cuando recuerdo las palabras que dijo por la tarde.

«No tengo nada que hacer».

Debía cambiar eso. De hecho, tenía que trabajar en muchas cosas. Empezando por organizar lo que sentía, no quería alejarla más de lo que lo había hecho.

CINCO

Vittoria

No vi a Dante en lo que restó del día de ayer, pero creí escucharlo salir de la habitación por la mañana. Esa seguía siendo su habitación, y después de todo, todas sus cosas se encontraban ahí.

Ayer había pasado toda la tarde ayudando al jardinero de Dante, así que apenas había tenido tiempo de pensar en su propuesta. No necesitaba conocer demasiado bien a Dante para saber que no era un hombre fácil, pero también había aprendido a lidiar con hombres peores que él en el club, por lo que sabía que podría hacerlo.

¿Pero la parte de traer a su hijo al mundo? Para esa no estaba lista. No podía embarazarme de un hombre al que no amaba. Sí, algún día me gustaría tener una gran familia, pero este no era el momento... ni el hombre para hacerlo.

—Buenos días. —Me sobresalto al escuchar su voz. Se sienta a mi lado en la mesa del comedor y toma su taza de café. Creí que ya se había ido, por eso había bajado a desayunar—. ¿Dormiste bien? —Frunzo el ceño ante su pregunta, pero de igual forma asiento—. Bien, porque hoy tendrás un largo día. Necesito que te encargues

29

de las galas benéficas que mi familia organiza todos los meses. Todos los fondos recolectados irán a una lista de orfanatos que tengo en mi nómina.

La sorpresa me inunda por unos breves minutos por sus actos, pero luego recuerdo el resto de sus palabras.

—¿Qué? —El cubierto con el que estaba comiendo se me cae de las manos—. ¿Galas benéficas? ¿Qué crees tú que sé de eso?

—Estoy seguro de que encontrarás la forma de resolverlo. Y tendrás algo de ayuda, así que no te preocupes. Faltan cuatro semanas para que se lleve a cabo, y ese es el tiempo que necesitas para organizarlo todo.

Cuatro semanas. Suspiro internamente, otro cumpleaños.

—Dante, de verdad que no tengo ni idea de cómo hacerlo. Y no quiero estropearlo, se escucha como algo importante.

Parece darse cuenta de la preocupación en mis palabras, porque deja de comer y me mira.

—Te creo capaz de lograrlo y, como te dije, tendrás ayuda.

—¿Quién...?

—¡*Ciao, stelle!*[1]

Me sobresalto al escuchar el grito. Miro en dirección a las puertas del comedor para encontrar a una despampanante mujer de cabellera negra. Era alta, delgada y de ojos gris claro. Como los de Dante. Vuelvo la mirada en dirección a Dante y lo observo como si nunca lo hubiera hecho, luego vuelvo a mirarla a ella.

—Se suponía que debías llegar más tarde —protesta Dante con voz molesta.

—¿Qué? ¿Acaso interrumpo? —dice la mujer, riendo. Se me acerca y me toma en un fuerte abrazo—. Me alegra tanto que estés aquí. No veía la hora de conocerte. Soy Eloísa, la hermana pequeña de Dante. —Estrecho su mano cuando me la ofrece.

Por eso el increíble parecido. Eran hermanos.

—Un gusto conocerte. Soy Vittoria.

Asiente, sonriente.

—Eres más hermosa de lo que mi hermano dijo.

—¡Eloísa! —exclama Dante, lo que me hace reír.

—¿Qué? Solo digo la verdad. —Me toma de la mano y me pone de pie—. Ven. Tú y yo tenemos que hablar. Seguro Dante te ha estado volviendo loca con este encierro suyo.

Incluso cuando hemos salido del comedor, logramos escuchar a Dante hablando con Giada y diciéndole que su hermana está loca.

—¿En serio pagó dos millones de euros por tu libertad? —Es lo primero que Eloísa me pregunta cuando nos sentamos en las mesas que están frente a la piscina.

—Lo hizo. —Su mirada se ilumina como fuegos artificiales—. No sabía que Dante tenía una hermana.

—Casi nunca me menciona. Y solo vengo por aquí cuando se acercan las galas benéficas.

Asiento, comprendiendo que antes de que Eloísa llegara, iba a mencionarla a ella.

—Dante dijo algo sobre dejarme a cargo de eso. —Estudio su reacción, esperando ver indignación o una muestra de suficiencia. Pero solo asiente.

—Sí, también me lo dijo. Quiero que sepas que te ayudaré en lo que necesites. Y si quieres hacerlo sola, también lo entenderé.

La miro por unos minutos en silencio.

—Eres muy diferente a él.

Eloísa parecía ser una persona cálida, comprensiva y empática. En cambio, su hermano era todo lo contrario. La única vez que mostró un poco de calidez fue cuando dijo que quería que sus hombres confiaran en él y que por eso vivían aquí.

—No, no lo somos. —Una pequeña sonrisa recorre sus labios—. Somos iguales. La diferencia es que él tuvo que aprender a ser como es. Si no, nunca habría salido adelante después de la muerte de nuestros padres.

—¿Cuántos años tenían? —pregunto en un susurro.

—Él tenía aproximadamente tu edad. Yo, diecisiete.

—¡Oh, Dios! —La mirada se me empaña al imaginarme a los dos enterrando a sus padres. Seguro ni siquiera pudieron hacer su luto, Eloísa tal vez tuvo sus momentos para hacerlo, pero a Dante debieron nombrarlo don de inmediato—. Lo siento tanto.

Pongo mi mano sobre la suya y le doy un suave apretón.

—Sus muertes lo hicieron frío y despiadado cuando debe serlo. Pero dentro de toda esa coraza hay un hombre bueno, dulce y amable. Recuérdalo cuando se ponga en su modo bestia y quieras golpearlo con algo en la cabeza.

Río.

—¿Por qué me dices todo esto?

Me mira como alguien que sabe algo mucho antes que todos los demás. Eloísa era una mujer sabia, los años y los golpes de la vida la habían convertido en una.

—Compró tu libertad. Te permite hablarle como su igual, y estoy segura de que no te quita el ojo de encima. —Se encoge de hombros como si lo que acabara de decir no fuera importante—. Es solo un presentimiento. No me hagas caso.

Se pone sus lentes de sol y pide un par de copas para nosotras. Comienza a contarme sobre sus viajes y de los hombres que ha conocido durante ellos. Pero en especial sobre un alemán que conoció un par de meses atrás.

—¿Te gusta, verdad? —pregunto con una sonrisa en el rostro. Era la primera vez que tenía una verdadera conversación de chicas, y no un par de palabras antes de que cada quien siga con lo suyo.

—Así es —responde riendo—. Pero él no es de este mundo, su vida es completamente normal y ordinaria. Si estuviera con él, lo arrastraría a todo esto y lo arruinaría.

Sentía lástima por ella, porque le gustaba alguien con el que no podía estar. Todos deberíamos poder estar con la persona que amamos.

—Podrías tratar de explicárselo. Tal vez logre comprenderlo.

—Tal vez. Y si lo hace, tendrá que comenzar una vida en un mundo que desconoce por completo. Un mundo donde podría terminar muerto.

—O podría morir lejos de ti si alguien se entera de que tienes a alguien que te importa en Alemania. Aquí por lo menos estaría a salvo. No tengo dudas de que Dante lo protegería.

Me mira en silencio, como si estuviera analizando cada una de mis palabras. Ambas eran opciones muy arriesgadas, pero todo sea en nombre del amor, ¿no?

—Podría funcionar. Hablaré con él. Gracias, Vittoria. — Ahora es su turno de apretar mi mano.

—¿Dante lo sabe?

Niega.

—No he tenido el valor para decírselo. Le he presentado a muy pocos novios, en realidad.

—¿Temes que mate a alguno de ellos?

—Algo así. Dante es muy protector. —Sonríe y me guiña un ojo—. Ya te darás cuenta de eso. —Me abraza para luego ponerse de pie—. Iré a dormir un rato. El viaje me dejó agotada.

La observo irse, sintiéndome más ligera. Y entonces le hace señas a alguien que se encuentra en uno de los balcones que dan a la piscina.

Era Dante.

Este la ignora cuando su hermana le saca el dedo del medio, y me mira fijamente. ¿Cuánto tiempo llevaba ahí?

Eloísa había dicho que seguro no me quitaba el ojo de encima. ¿Y si era cierto? ¿Si en realidad llevaba más tiempo observándome? Cada día que pasaba en su presencia tenía más preguntas que respuestas y no tenía ni idea de cómo abordarlo. Ni siquiera sabía si quería hacerlo.

Si le preguntaba y descubría que cada una de las cosas que Eloísa dijo son ciertas, ¿qué haría? ¿Casarme con él y traer su hijo al mundo solo porque compró mi libertad? Le estaba agradecida por ello, pero no era suficiente para atar mi vida a la suya.

¿Qué pasaba si no lo hacía? No lo creía capaz de devolverme, de hecho, creo que estaba prohibido según una de las cláusulas del trato que seguro Dante tuvo que firmar. No había devoluciones.

¿Entonces me echaría a la calle? De ser así, ¿a dónde iría? No tenía familia, ni dinero, ni identificación. No poseía nada para rehacer mi vida si él se deshacía de mí. Si juntaba algo de dinero, tal vez podría irme, pero para tenerlo debía ganarme su confianza, y para hacerlo, debía dejar de lado mi enojo con él.

Debía fingir si quería escapar de aquí.

SEIS

Dante

M i hermana y Vittoria habían hablado por horas el
día anterior y una parte de mí se moría por saber
qué se habían dicho. Conocía lo suficiente a mi
hermana para saber que le había contado una parte de mi vida a
Vittoria, porque así era ella. No le gustaba que las personas estuvieran incómodas, y al contarle un poco sobre mi pasado a Vittoria, tal vez ella encontraría el camino para comprender mis actos.

Al principio Eloísa no había estado de acuerdo con lo que
había hecho, creía que era una crueldad tener a Vittoria encerrada,
y tal vez lo era, pero no conocía otra forma de obtener las cosas si
no eran tomándolas.

Intenté hablar con Vittoria ayer por la noche, pero se había
recluido en su habitación. Mi habitación. Sin duda, ya tenía sufi-
cientes motivos para querer matar a mi hermana, pero tal vez le
había contado a mi pajarito más de lo que podía soportar. Había
pasado la noche en vela analizando las mil formas de reparar el
daño, pero para hacerlo, debía saber qué tanto sabía Vittoria.

Lo que me lleva a estar tocando la puerta de la habitación de

35

mi hermana a la cinco de la mañana. Ya la había dejado dormir lo suficiente.

—¡Eloísa! —grito por milésima vez. A este ritmo despertaría a todos en la casa—. ¡Despierta de una maldita vez!

—¡Puedes irte al infierno, Dante!

Ya he estado ahí, gracias.

Me reservo el comentario y entro en la habitación sin esperar su invitación.

—Espero que no estés cogiendo con uno de mis hombres de nuevo. —No habría sido una grata experiencia, y no estaba de humor para sorpresas—. No, gracias a Dios no lo estás. —Mi adorada hermana se encontraba envuelta en las sábanas luciendo su más severa expresión—. Lamento haberte despertado.

Bufa, poniendo los ojos en blanco.

—Estoy segura de que no lo haces. ¿Qué puedo hacer por ti?

El que me lo preguntara no era más que una mera formalidad, si fuera por ella, ya me hubiera corrido a gritos de su habitación, pero ambos sabemos que eso no funcionaría, porque no me iré hasta obtener lo que quiero.

—Nada. Solo contarme al detalle qué hablaron tú y Vittoria ayer.

Su expresión pasa de la amargura a la diversión. Sí, ella sabía muy bien que se lo preguntaría en cualquier momento. Nos conocíamos demasiado bien.

—Te tomaste tu tiempo para venir a preguntarme. ¿Estás trabajando en algo llamado «paciencia»? Porque te hace falta mucho de ella.

Me acomodo en el sofá frente a su cama, decidido a no exasperarme. Le gustaba jugar con mi «paciencia».

—Decidí dejarte descansar. Seguro tu viaje desde Alemania fue agotador.

Entrecierra los ojos. Sabía que me estaba ocultando algo, pero había sido lo bastante cuidadosa para que yo no lo descubriera. Y que hiciera tal cosa solo significaba que era algo muy importante para ella.

—Gracias por el acto tan considerado, Dante. —La diversión teñía cada una de sus palabras—. Ahora, en cuanto a lo que hablé con Vittoria. Solo fueron cosas de chicas. Nada importante.

Entrecierro los ojos y me reclino en el sofá.

—Me estás mintiendo, Eloísa, y sabes que odio que me mientan.

—¿Qué harás entonces? No puedes torturarme para sacarme la verdad. Si deseas que quiera quedarse aquí, tienes que conocerla, y eso implica pasar tiempo con ella. No puedes esperar a que simplemente se enamore de ti, Dante. Y el tenerla encerrada, tampoco ayudará a que su animosidad ante tu presencia disminuya.

Sabía que tenía razón, pero tenía la leve certeza de que si la dejaba ir y venir a su antojo, encontraría la manera de escapar, y eso solo complicaría las cosas para ambos. Pero lo que también era una realidad es que no confiábamos en el otro.

Me pongo de pie con nueva determinación y salgo de la habitación de mi hermana para apresurarme a ir a la mía.

—¡De nada, idiota! —El grito de Eloísa me acompaña hasta que me detengo frente a la puerta de mi habitación. La abro con cuidado de no despertarla y entro. Todo estaba igual que la última vez que estuve aquí. Lo único que había cambiado desde su llegada era que todo ahora olía a ella. Podía percibir el suave aroma de su fragancia, y de alguna manera, su presencia realzaba los colores. Es como si fuera una estrella.

Me siento al lado de la cama y la observo dormir como había hecho desde que llegó. Estar lejos durante el día requería demasiada determinación, y solo por las noches, cuando caían las sombras, me permitía pasar un par de horas en su presencia. Había una fiereza en las facciones de Vittoria que desaparecía por completo cuando dormía. Era la viva encarnación de la tranquilidad. También solía moverse mucho mientras dormía y, en ocasiones, cuando tenía un mal sueño, gritaba tan fuerte que mis escoltas más de una vez entraron a la habitación pensando que alguien la estaba atacando.

Ella nunca se había despertado en esas ocasiones y solo dejaba de gritar cuando me acostaba a su lado y la abrazaba. Estaba seguro de que no era consciente de esto, y de no ser así, ya lo hubiera mencionado.

No quería despertarla, pero me encontraba extrañamente ansioso por contarle la idea que se me había ocurrido. Existía la posibilidad de que me enviara al infierno, como de que también aceptara.

Tomo su mano con delicadeza, temiendo que se sobresalte, pero no lo hace.

—Vittoria. —Acaricio las letras de su nombre una y otra vez hasta que sus ojos se abren—. Ahí está, mi pajarito. —Frunce el ceño, pero no aleja su mano de la mía—. Quiero hablar contigo.

—¿Y no pudiste esperar a que amaneciera para hacerlo? —susurra.

Sonrío y niego.

—Es importante.

—Está bien. —Suelta mi mano y se endereza—. Te escucho.

—Sé que no empezamos bien...

—El eufemismo del siglo.

—..., pero quiero que comencemos de nuevo. Entiendo que odias estar encerrada aquí, por lo que a partir de ahora podrás salir de la mansión, si eso es lo que quieres. Pero siempre habrá un grupo de mis hombres escoltándote. También me gustaría tener citas contigo. Y, sobre todo, quiero conocerte mejor.

Me mira de arriba abajo.

—Acabas de pedir todo eso. No lo ordenaste.

—Así funciona esto, ¿no?

—No es como si hubiera un manual para esto —dice señalándonos. La idea de un «nosotros» me gustaba—. Me compraste, Dante, no nos conocimos en una plaza y nos enamoramos a primera vista.

—Compré tu libertad —corrijo. Odiaba que se refiriera a sí misma como un objeto que pudiera ser comprado—. Entonces, ¿aceptas?

—Con una condición —dice luego de pensarlo por unos segundos.

El nudo en mi pecho desaparece y la emoción hace vibrar todo mi cuerpo. Había dicho que sí.

—Lo que quieras, pajarito.

Era consciente de lo que había dicho, pero ambos sabíamos que ese «lo que quieras» no incluía dejarla ir.

—Por cada cita que tengamos me contarás un secreto. Así como tú también quieres conocerme mejor, yo también quiero hacerlo.

—Es un trato.

Me voy de la habitación para que continúe durmiendo, con una sonrisa en el rostro, pero esta desaparece cuando recibo un mensaje de Pasquele.

—¿Qué demonios sucedió aquí? —pregunto cuando llego a uno de mis almacenes a las afueras de la ciudad. Se suponía que hoy recibiríamos un cargamento de armas de los rusos. Como don de la mafia italiana, era el único en todo el país que compraba y vendía armas, así tenía el control de quiénes estaban armados y quiénes no.

—Fue el Ejército italiano, señor.

—Hijos de puta.

El almacén estaba hecho pedazos, habían asesinado a los encargados de proteger este lugar y se habían llevado la mercancía.

A pesar de que Daniele era policía, era demasiado despiadado. Había asesinado a más de mis hombres que todos mis enemigos juntos. Nos estaba cazando, y tenía la sospecha de que disfrutaba al hacerlo.

Me había dado cuenta desde hace tiempo que esto era algo personal para él, no tenía nada que ver con que infringiera la ley.

Daniele no descansaría hasta matar a todos los míos y, por último, a mí.

SIETE

Vittoria

Luego de que Dante me despertara, intenté por todos los medios conciliar de nuevo el sueño, pero solo pude pensar en su propuesta y en que la había aceptado. Sí, era parte del plan, ganarme su confianza, conseguir algo de dinero y luego escapar. Pero se había visto tan vulnerable y real al pedirme que tuviera citas con él que por unos segundos flaqueé en mi decisión. No debía rendirme tan fácil solo por unas tiernas y amables palabras, él era un don, un hombre sin escrúpulos que mataría a una persona sin pensarlo dos veces.

No importaba lo que Eloísa me haya contado sobre su pasado, debía escapar de sus garras antes de que estas se incrustaran más profundo en mi piel.

Había desayunado en compañía de Eloísa, quien había estado sospechosamente alegre; también me había invitado a ir de compras y, ya que Dante me dijo que podía salir de la mansión, acepté con gusto.

Por lo que ahora nos encontrábamos en una clase de centro comercial para las personas de élite. Eloísa parecía conocer a muchas personas, ya que no podíamos dar dos pasos sin que alguien se acercara a saludarla, por suerte yo parecía ser invisible, y esto me había permitido observar a todos a mi alrededor, en especial a mis escoltas. Eloísa solo tenía uno, y este ni siquiera pestañeaba cuando alguien se le acercaba a su protegida. En cambio, me había tropezado un par de veces con un grupo de chicos que no parecían ver por dónde caminaban y los hombres de Dante me habían rodeado como si fueran una pared humana.

Aún no tenía claro si esto se debía a que Dante me veía como alguien incapaz de protegerse a sí misma o porque le preocupaba demasiado mi bienestar, después de todo, para él era su futura «esposa».

Entramos a una cantidad abrumadora de tiendas, ella llevaba un par de bolsas en sus manos, por mi lado, no había comprado nada. No encontré algo que me gustara, y si hubiera sido así, tampoco habría tenido con qué comprarlo. Además, subestimé lo abrumador que sería ir a un centro comercial por primera vez, por lo que mi estado de ánimo estuvo disminuyendo con el paso de las horas.

—¡Vi! —El grito de Eloísa me sobresalta y me hace tropezar con Renato, mi guardaespaldas principal—. Mira este vestido. Es perfecto para ti.

Le susurro una disculpa a Renato y me acerco a Eloísa. Tenía en sus manos un hermoso vestido rojo sangre. Tenía un escote bajo y era largo. Y era de mi talla.

—Está precioso —digo; la tela era suave, quizás de seda, y posiblemente valía más de lo que alguna vez llegué a ganar como bailarina—. No puedo llevarlo, Eloísa. Además, ¿en qué momento usaría algo así?

Esta me mira como si hubiera dicho el mayor disparate, toma el vestido, me guía ante un espejo y lo coloca contra mi pecho.

—Solo imagínate entrando con este vestido a una de las muchas fiestas a las que seguro tendrás que asistir. Cada hombre en el lugar se volteará a verte, Vi. Eres hermosa. Mucho más que cualquiera de las pirañas que hay en esta sociedad. —Trato de visualizarme con algo así puesto y lo que veo en mi mente acelera mi corazón, haciéndolo sentir vivo después de mucho tiempo—. ¿Y sabes qué será lo mejor de todo esto? A Dante le dará un infarto cuando te vea. Además, será divertido verlo ardiendo de celos por ti.

Río ante lo que dice. Eloísa, a pesar de que era mucho mayor que yo, a veces se comportaba como alguien de mi edad: joven, libre e inocente. Me gustaba que fuera así, disipaba mi a veces turbada mente.

—Aunque me gusta todo eso que dices, no tengo cómo llevarlo.

Parece entender rápidamente a lo que me refiero y sonríe.

—No entiendo cómo mi hermano puede dirigir una organización criminal y ser tan lento cuando se trata de mujeres —susurra—. No te preocupes, será un regalo de mi parte.

Intento negarme, pero me ignora deliberadamente y compra el vestido. Seguimos recorriendo el centro comercial hasta que una figura alta observándome a lo lejos me hace detenerme. Entrecierro los ojos para poder verlo mejor, pero cuando veo su pequeña sonrisa, cada terminación de mi cuerpo se calienta.

Era Dante.

Eloísa sigue mi mirada hasta dar con su hermano.

—Oh. Creo que es hora de irme. Dejaré el vestido en tu habitación. ¡Hasta luego!

Todo sucede tan rápido que ni siquiera puedo avisarle de que mi habitación es la de su hermano. Esta se va con su guardaespaldas siguiéndola en silencio. Tomo asiento en unas mesas cercanas y espero a que él se aproxime. No iría hasta él. Cuando siento su presencia alzándose sobre mí, me estremezco. ¿Por qué tenía que ser tan alto?

—¿Cuánto tiempo llevas aquí? —pregunto cuando se sienta

frente a mí. Iba vestido con ropa casual y, por desgracia, esta le sentaba demasiado bien.

—Lo suficiente para saber que quieres irte de aquí. —Sus penetrantes ojos estudian los míos. Tal vez tratando de ver lo que queda de mi alma para así tomarla como suya.

—¿Qué te hace creer que eso es así?

—Has estado mirando a tu alrededor las últimas tres horas como si estuvieras buscando una salida. Y has asentido a todas las prendas que Eloísa te ha mostrado. ¿Sabías que se compró un top verde fluorescente? Sé que odias ese tipo de colores.

Su argumento tan acertado me descoloca.

—¿Cómo...?

—Una vez te escuché protestándole a Abele cuando te dijo que te pusieras un traje con colores fluorescentes.

Recordaba ese día; Abele se había molestado mucho cuando me negué a su orden y me dio una bofetada. Luego de eso no me quedó más que ponerme el traje y salir a bailar. Eso había pasado en mis primeras semanas en el club.

—Llevo más tiempo del que crees observándote y sé más de ti de lo que imaginas —dice. No tenía palabras. Me asustaba y asombraba un poco que supiera tanto sobre mí—. Vamos. Tenemos que comprarte más que un bonito vestido. —Se pone de pie y extiende su mano hacia mí.

—¿Lo viste?

De todas mis preguntas, esa era la menos importante, pero era la que había salido. Por alguna razón, quería sorprenderlo cuando me viera con el vestido.

—No. Renato me ha estado informando de todo lo que han hecho hoy, por lo que sé, en casa no hay más que un par de prendas para ti en mi clóset, y ahora se les ha unido un vestido. Así que debemos cambiar eso.

Tomo su mano sin pensarlo demasiado y dejo que me guíe a

donde sea que vayamos. Al parecer, él había estado haciendo eso desde la primera vez que nos vimos.

Guiándome en su dirección.

OCHO

Dante

Había reservado toda una tienda para que mi pajarito pudiera escoger lo que quisiera sin que se sintiera abrumada por las personas. Había estado inquieto desde que me alejé de ella por la mañana, pero cuando Renato me informó que se había ido de compras con mi hermana, esa inquietud se convirtió en ansiedad. No me había preparado mentalmente para lo que sería tenerla fuera de la protección de mi casa.

Me tomó un par de horas liberarme de mis deberes como don para poder venir y estar con ella, y tenía un tiempo limitado para disfrutar de su compañía, ya que por la noche iríamos a recuperar mi mercancía y a dejarle un presente a Daniele.

—Elige todo lo que te guste. —Vittoria me observaba en silencio, así lo había hecho desde que entramos a la tienda, y no sabía cómo interpretar su silencio—. Si no te gusta la tienda, podemos ir...

—No hay nadie en esta tienda —dice, interrumpiéndome—. ¿La cerraste?

Asiento, y como si no fuera obvio, digo:

46

—No quería que te sintieras incómoda. —Doy un paso en su dirección con cautela; en ocasiones sentía que me encontraba frente a un animal salvaje y que, en cualquier momento, si era demasiado insistente, atacaría—. Solo quiero que disfrutes de esto. Es algo para ti.

Su mirada era indescifrable, quería saber qué estaba pensando, quería preguntarle, pero si algo había aprendido en este corto tiempo, era a darle su pequeño espacio.

—Gracias.

Aunque es una sola palabra y apenas pude escucharla, la bestia en mi interior se regodea al saber que habíamos hecho algo bien.

—Por ti lo que sea, pajarito.

Se decide a ignorarme y se dirige a los largos pasillos de ropa. Una de las dependientas la sigue con la mirada y, aunque no había nada agresivo en ella, no me gustaba que la observara.

—Tú. —La mujer se sobresalta al escucharme hablar tan cerca de ella—. Busca algunos vestidos de fiesta para mi mujer y llévaselos.

—De inmediato, señor.

Se apresura a desaparecer de mi vista con la cola entre las piernas, a cumplir con mi orden. Vigilo a Vittoria durante todo el tiempo que le toma escoger todas las prendas que quería probarse. Parecía más relajada en este ambiente y podía ver cómo lo disfrutaba. Tal vez era la primera vez que podía hacer algo tan trivial como comprar su propia ropa. Esto debía significar más para ella de lo que dejaba ver, y me encargaría de crearle más momentos así.

Vittoria

Podía sentir su mirada sobre mí y, cada vez que lo hacía, recordaba las palabras de Eloísa. Dante nunca me quitaba los ojos de encima, ahora lo sabía.

Había elegido todo tipo de ropa. Tal vez había exagerado un poco en la cantidad de prendas, pero me había emocionado tanto cuando me di cuenta de que Dante reservó todo este lugar para mí que no pude evitarlo. Tal vez podría parecer algo insignificante ante los ojos de otras personas, pero para mí, que nunca había tenido la oportunidad de elegir, así fuera lo que usaría ese día, esto significaba todo.

Podía elegir qué ponerme; sería mi maldita decisión si quería mostrar algo de mi piel o toda, no la de alguien más.

—¿Vas a quedarte ahí? —No puedo evitar preguntarle a Dante cuando se sienta en el sofá frente al probador en el que había dejado toda la ropa. Asiente—. ¿Verás todo lo que me pruebe?

—Si no te molesta. —Ladea la cabeza, estudiándome, como si quisiera encontrar un miedo o inseguridad que no sentía.

—Está bien.

Entro al probador y comienzo con lo que sería un largo desfile de ropa. Las primeras prendas eran casuales, algo que podía usar mientras estuviera en la mansión, y aunque no dice ni una palabra, logro vislumbrar la aprobación en su mirada. Dante era un hombre transparente cuando bajaba la guardia ligeramente.

Al comenzar a probarme los conjuntos formarles, el ambiente en el lugar comienza a cambiar. Su mirada se deslizaba por mis piernas cuando salía con una falda o vestido. No era una mujer alta, pero parecía serlo cuando usaba faldas o vestidos. Mis piernas siempre habían sido una distracción para los hombres. Regreso al probador antes de que su mirada acalorada me encienda la piel. Todavía no había pronunciado palabra alguna, y eso me estaba frustrando un poco. Quería más que una mirada de su parte.

—Mierda, Vi —susurré molesta conmigo misma mientras me pongo uno de los vestidos que una de las dependientas me entregó. Apenas me fijo en este—. Lo menos que quieres es que ese hombre te mire de esa manera. Solo debes usarlo para escapar. Nada de seducirlo. O, peor aún, de desearlo.

Sigo murmurando para mí misma, incluso cuando salgo del probador, por lo que demoro en darme cuenta de su expresión.

—¿Qué sucede? —pregunto confundida.

Parecía... ¿Molesto? ¿Por qué demonios estaría molesto? ¿Acaso me había escuchado...?

—No.

Frunzo el ceño.

—¿No qué?

—Ese vestido.

Lo miro sin comprender la estupidez que está diciendo hasta que me doy la vuelta y me miro al espejo.

—¡Oh! —exclamo al darme cuenta. Era un vestido negro de tirantes finos que me llegaba muy por encima de las rodillas y tenía una gran abertura en el muslo derecho; esta llegaba hasta mi cadera, y el escote, aunque no era muy bajo, era demasiado ancho, por lo que mis pechos sobresalían demasiado.

—Sí. «Oh». Si vas a una fiesta con un vestido así, tendré que matar a todos los hombres en el lugar.

Tal grave sentencia, por alguna razón, me hace reír.

—He usado menos ropa que esto.

—¿Y no notaste que, con el tiempo, la cantidad de hombres que te aplaudían y vitoreaban en el club era menor? —Sí, lo había notado, pero no me había importado demasiado, ya que seguía teniendo muy buenas ganancias, lo que ponía a Abele muy contento y alejaba su atención de mí—. Amenacé a todo aquel que pusiera un pie en ese club. Mirarte estaba prohibido.

Este hombre, que era el más poderoso en toda Italia, había estado pasando más tiempo en el club del que creía. Me había vigilado y amenazado a todos los hombres a mi alrededor. ¿Qué más había hecho que no sabía?

—¿Y los que decidieron no hacerte caso? —pregunto, aun sabiendo la respuesta, pero quería escuchárselo decir.

—Los maté. A cada uno de ellos.

Cierro los ojos brevemente, tratando de procesar lo que estaba sintiendo. Dante había matado por mí incluso antes de que siquiera supiera mi nombre. Pero que lo siguiera haciendo me hacía tener sentimientos encontrados. Ninguno de los hombres que iban a ese club eran personas buenas, incluido Dante, pero que lo hubiera hecho con su retorcida intención de protegerme hacía vibrar todo mi cuerpo.

Nadie me había protegido nunca.

—¿Lo disfrutaste? —pregunto en un susurro.

—Como no tienes idea. —Su tono de voz y mirada eran sombrías, pero no me aterraba; todo lo contrario, me atraía.

Entro al probador, sintiendo cómo la cordura se me escapa de entre los dedos. Esto estaba mal. No debería gustarme para nada que les haya quitado la vida a todos esos hombres solo por mirarme, y no debería desear que lo haga de nuevo... Pero me estaba protegiendo, cuidando de mí...

—Dios, no —gruño—. No debes desearlo. No debes desearlo. No debes...

—¿No debes qué, pajarito? —Me sobresalto al escuchar su voz a mi espalda. ¿Cuánto había escuchado?—. ¿Acaso te gusta la idea de que yo mate a esos hombres por ti? —Niego sus palabras sin atreverme a mirarlo. Es entonces cuando siento sus manos en mi cintura y que me presiona contra el espejo. Jadeo ante el brusco movimiento, pero no hago yo ninguno para liberarme—. ¿Acaso te gustaría ver cómo torturo y mato a alguien por ti?

—No. No.

«Mentirosa. Mentirosa».

La voz de mi conciencia me hace apretar los ojos, e involuntariamente mis muslos también se aprietan. No. Yo no era el tipo de persona que anhelaba ese tipo de perversiones. Yo no era «así».

—Abre los ojos, pajarito. —Se presiona contra mí haciéndome sentir lo excitado que está. Dios, eso no me ayudaba en nada a poner mis pensamientos en orden—. Así puedo ver la mentira en tus ojos.

—No estoy mintiendo. —Nuestras miradas se encuentran en el espejo. Me veía pequeña con él presionado contra mí.

—¿Entonces por qué tu cuerpo parece decir otra cosa? Mírate, tus mejillas están sonrojadas, tu respiración se ha acelerado y tus muslos están rígidos. —Se inclina hasta que sus labios rozan mi oreja—. Y te apuesto lo que sea a que estás jodidamente húmeda debajo de esa excusa de vestido.

Su mano se desliza por la abertura del vestido y se detiene en la cara interna de mi muslo, pero no avanza, esperando mi permiso para llegar más allá. Quería mandarlo al infierno porque se regodearía en cuanto sintiera lo húmeda que estaba, pero también quería saber qué haría, y más importante aún, lo que yo haría si él quería llegar más lejos.

¿Me dejaría llevar por el deseo o mi lado racional tomaría el asunto en sus manos?

Abro las piernas, dejándole claro que puede continuar. Jadeo cuando sus largos dedos rozan mis labios vaginales a través de la fina tela de las bragas, las hace a un lado y recorre mi abertura. Muerdo mi labio inferior cuando acaricia mi muy sensible clítoris. Sentía que me correría en cualquier momento.

—Tal y como dije. Jodidamente húmeda. —Su voz estaba más ronca que unos momentos atrás. Reprimo un gemido cuando comienza a jugar con la humedad en mi entrada—. Puedo sentir cómo tus paredes se aprietan cada vez que te presiono ahí. ¿Me dejarás entrar y hacer que te corras? ¿Hmm, pajarito?

—Sí. Dante, por favor —susurro desesperada como nunca antes. Quería ese orgasmo como si del mismo aire se tratara. Luego pensaría en las consecuencias que esto traería.

—Tus deseos son una orden que con gusto cumpliré. —Gimo

sin poder contenerme cuando siento su dedo llenarme. Me presiono contra él, sintiendo cómo se restriega contra mi trasero. Cabalgo su mano, olvidando toda vergüenza y todo plan—. Esa es mi pajarito.

Cuando llego a la liberación, muerdo el brazo que tiene a mi lado para que ninguna de las dependientas me escuche. Saca su dedo de mi interior y se lo lleva a la boca, tal acción sube mi libido hasta ponerla por las nubes.

—Cambié de opinión. Llévate el vestido.

Sale del probador sin dedicarme una sola mirada y lo maldigo por ello. Luego lo hago conmigo misma por dejarme llevar.

Resistirse a Dante era como no caer en las tentaciones del demonio.

NUEVE

Dante

Me sentía como un animal al que le ponían un pedazo de carne frente a la cara, pero que no podía ir tras él porque se encontraba encerrado en una jaula. La desconfianza de Vittoria era mi jaula.

Probarla y escucharla gemir casi me había llevado al límite, pero tal y como dijo mi hermana Eloísa, había estado trabajando en mi paciencia y esperaría por mi pajarito el tiempo que hiciera falta.

La había dejado en la mansión hace unos minutos y ahora me dirigía a uno de mis galpones para prepararme. No me volvió a dirigir la mirada desde que salimos del probador de ropa, y aunque eso me molestaba, decidí concederle su espacio. Lo único que había obtenido de ella era un «cuídate» cuando se dio cuenta de que esta noche no cenaría con ella.

Me hubiera gustado poder besarla como despedida, pero tendría que conformarme con que se preocupara por mí.

Pasquele me había mantenido al tanto de la situación mientras estaba con Vittoria. Daniele llevó mi mercancía a una de sus bodegas, donde el Ejército italiano guardaba todo lo que confiscaba.

Cuando llego al almacén, mis hombres se encuentran casi listos para salir. Solo llevaría a diez; no quería generar un gran alboroto.

—Pasquele, ¿todo listo? —le pregunto a mi *consigliere* cuando llego a donde está.

Asiente.

—Intervine sus cámaras y sus canales de comunicación se desactivarán cuando llegues allá.

—Bien. Cuida mi espalda, Pasquele. Nos vemos en un par de horas. ¡Es momento de irnos! —Nos subimos a las camionetas blindadas y salimos en dirección a la bodega.

Nos vemos pronto, mi pajarito.

Fuimos recibidos por una ola de disparos en cuanto las camionetas estuvieron lo suficientemente cerca para ser vistas. Mis hombres atacaron de inmediato, matando a los hombres de Daniele que se encontraban a la vista. Todo había estado en silencio desde hacía unos minutos.

—Ustedes cuatro quédense aquí, maten a todo aquel que se acerque —señalo a dos más—. Vayan por atrás y un grupo entrará por la ventana del lado derecho. El resto viene conmigo.

Estábamos cerca de un pequeño pueblo, por lo que debíamos ser cuidadosos para no alertar a más personas. Todo se encontraba en completa oscuridad, por lo que o bien nos estaban esperando para una emboscada, o bien no había nadie más dentro de la bodega.

Como el engreído y arrogante que era, entraría por la puerta sin importar lo suicida que fuera eso.

—¡Señor! —protesta uno de los dos hombres que me acompañaban, pero lo hago callar de inmediato.

No iba a morir. Tenía a un hermoso pajarito esperándome en casa.

Vuelo la puerta principal con un pequeño explosivo y entramos. Todo se encontraba igual que el exterior: en silencio y en completa oscuridad. Parecía que Daniele solo había dejado a un pequeño grupo para custodiar este lugar, porque parecía haber sido evacuado. O estaba muy seguro de que no vendría o no le importaba que recuperara mi mercancía.

—¡Señor, por aquí! —Me acerco a mis hombres y sonrío al ver mis armas. Todas estaban aquí.

—Son diez cajas, así que serán dos viajes. Tomen una entre dos.

Estas eran grandes y pesadas. Había tanto armas como municiones en ellas. La mitad era para mí y la otra iría a manos de mis compradores. Tomamos las cajas y las llevamos a las camionetas. Mientras cargan las dos últimas, recorro toda la bodega. Aquí no había nada que pudiera usar contra Daniele, pero a veces la mejor manera de debilitar a tu enemigo era encontrando los puntos débiles de las personas que lo rodeaban.

Cuando me acerco a la parte trasera, donde se encontraban las oficinas, una pequeña luz roja parpadeando capta mi atención. Me aproximo a ella sin perder de vista todo lo que me rodea.

Los músculos de mi mandíbula se aprietan cuando veo a uno de mis infiltrados atado a una silla: estaba muerto. Le habían sacado los ojos, pero reconocería a mis hombres donde sea.

—Maldito infeliz.

Salgo corriendo al ver lo que mi chico sostenía en su flácida mano. Una bomba, e iba a explotar en diez segundos.

—¡Todos retírense! ¡Hay una...! —Salgo volando por los aires cuando llego a la puerta principal. Mis palabras son tragadas por el sonido de la explosión, por lo que uno de los chicos que estaba cerca de la bodega también sale disparado por el aire.

Mis oídos pitan y mi corazón se acelera debido a la adrenalina.

Sabía que iba a venir.

Vittoria

Estaba inquieta y no sabía por qué.

Dante me había dejado en la mansión hace unas cinco horas. Quise preguntarle adónde iría, pero después de lo que pasó entre nosotros no sabía muy bien cómo actuar. ¿Qué había significado para él? Era consciente de su deseo por mí, pero ¿solo me veía como una máquina para hacer bebés o como algo más? Él no necesitaba enamorarse de mí para poner un bebé en mi vientre, solo necesitaba que yo estuviera loca de deseo para abrirle mis piernas.

Tal y como hice hoy.

Mierda. Debía controlar mis hormonas o terminaría embarazada más pronto que tarde, y eso sin duda estropearía mi plan de escapar. Dante nunca me dejaría ir si llevaba a su hijo en mi vientre.

Me acerco al balcón de su habitación cuando escucho que dos camionetas se acercan rápidamente a la puerta principal. El corazón me sube a la boca al ver que dos de los diez hombres que se habían ido con él no pueden caminar. Las manos me sudan y el corazón se acelera hasta el punto que creo que estoy por sufrir un infarto.

Los minutos parecen ser eternos cuando los hombres de Dante entran a la habitación. El don de la mafia italiana se encontraba apenas consciente y era sostenido por dos de ellos.

—Oh, Dios —susurro.

¿Qué había sucedido?

—¡Vittoria, ven aquí! —el grito de un hombre mayor me sobresalta, pero me acerco de inmediato—. Pónganlo boca abajo.

—le ordena a los dos tipos que sostienen a su jefe—. Dante me dijo que una vez te vio suturando a las chicas del club. Necesito que lo sutures. —Me quedo completamente en blanco. Ese mafioso y su retorcida necesidad de observarme todo el tiempo iba a matarme—. ¿Puedes hacerlo o no?

—Sí. Sí. Puedo hacerlo.

Dios, ni siquiera sabía en lo que me estaba metiendo. ¿Qué tan grandes eran sus heridas? ¿Y qué demonios iba a suturar?

—Bien. Te traeré todo lo que necesitas.

Todos salen de la habitación, dejándome sola con Dante. No emitía ni un solo sonido, ¿acaso no sentía dolor? Me pongo de rodillas del otro lado de la cama para así tener su rostro a la vista.

—¿Dante? —susurro. Sus párpados apenas se mueven—. ¿Vas a morirte?

Era una pregunta estúpida, pero si estaba a punto de caer inconsciente, debía mantenerlo despierto.

—Supongo que eso quisieras —logra musitar apenas—. No me apartarán tan fácil de tu lado, pajarito.

Estoy por responder, pero el señor mayor entra corriendo a la habitación.

—Guantes, pinzas y tijeras. Aguja e hilo. Gazas, vendas y antiséptico. Eso es todo lo que necesitas.

—¿Acaso no tienen un doctor para estas cosas? —pregunto poniéndome los guantes. Mis manos estaban temblando y sentía que iba a vomitar en cualquier momento. Pero no quería que este hombre me matara por no poder ayudar a su don—. ¿Y qué fue lo que pasó?

—El médico está ayudando al otro chico. Hubo una explosión, tiene varios cristales incrustados.

Tomo las tijeras y comienzo a cortar su camisa, cuando su espalda queda a la vista reprimo una arcada. Había cortes y sangre por todos lados.

—¿Por qué no lo están ayudando? Dante es su don. Él es su

prioridad. —Tomo las pinzas para comenzar a sacar los cristales y ahí es cuando me doy cuenta de algo que deja mi piel completamente fría—. ¿Lo coseré así sin más? ¿No le darán nada para el dolor?

—En primer lugar, Dante quiso que atendieran primero al chico. Y, en segundo lugar; tiene una alta tolerancia al dolor.

—Pero... Esto le dolerá demasiado. Podría desmayarse. —Mi respiración se estaba volviendo entrecortada y comenzaba a dejar de sentir los dedos de mis manos—. Creo que voy a desmayarme.

—¡Niña, contrólate! —Me sacude de los hombros, sobresaltándome—. Él es tu don, ¿lo entiendes? Gracias a él eres libre, si muere, no habrá nadie que te proteja. Y a todos los que hizo enojar cuando mató a Abele vendrán por ti. —¿Había matado a Abele?—. Así que reacciona y cúralo.

Comienzo a tararear una canción que desde niña conocía y retomo mi tarea. No dejo de tararear en ningún momento, porque si lo hacía, el golpe de lo que estaba haciendo sería demasiado.

Con esto me daba cuenta de algo, y era que soy una hipócrita. No quería quedarme aquí, pero estaba agradecida de que me protegiera.

Sobre todo, disfrutaba de que hiriera a otros por mí, pero no soportaba verlo a él herido.

DIEZ

Dante

El tarareo de una suave melodía me arrulla, alejando la molestia en mi espalda. Había perdido la orientación en cuanto al tiempo y espacio. Recordaba vagamente una conversación con Vittoria, pero en cuanto sentí la aguja perforar mi piel, todo se volvió borroso.

La explosión me había dejado casi fuera de juego, aunque no estuve lo bastante cerca como para que me matara, la fuerza del impacto hizo suficiente daño a mi cuerpo. El otro chico, que había estado cerca de mí, no tuvo la misma suerte. Todo su cuerpo fue perforado por cristales y lo último que recordaba era que se estaba desangrando, por eso envié al doctor con él.

Frunzo el ceño cuando el tarareo se detiene y, en su lugar, comienzo a escuchar a una mujer llorar. No sabía por qué ese llanto se sentía como mil puñaladas en mi pecho, pero quería detenerlo. Luchando contra el cansancio y el aturdimiento, abro los ojos. Son golpeados de inmediato por una absoluta y completa oscuridad, pero podía escuchar el llanto de la mujer.

Estiro la mano en su dirección, encontrando unos fríos dedos temblorosos, el jadeo de la mujer ante el contacto me hace sonreír.

No era cualquier mujer. Era la mía.

Mi pajarito.

—No me he muerto —susurro—. Puedes dejar de llorar.

No sabía cómo tranquilizarla, así que recurriría a su enojo hacia mí. Prefería escucharla enfadada en lugar de triste.

—Idiota. No estoy llorando por ti. —Sonrío, sabiendo que no puede verme. Su voz se escuchaba pastosa porque había estado llorando por mucho tiempo, pero podía percibir la molestia en sus palabras—. Estoy llorando porque no has muerto.

Sus palabras me hacen reír a carcajadas, pero de inmediato mi risa termina en un quejido. La espalda me dolía como la mierda. Sabía que, por más molesta que estuviera conmigo, no deseaba verme muerto.

—Morir no está en mis planes cercanos. ¿Quién cuidará de ti si no lo hago yo? —Acaricio el dorso de su mano; eso la distraería lo suficiente para que dejara de pensar en lo que sea que la estuviera atormentando—. Y tampoco dejaría que alguien más cuidara de ti.

—¿Por qué? —Sus dedos se entrelazan con los míos, y mi corazón se acelera como si fuera un adolescente viendo a la chica que le gusta por primera vez. Si no había estado condenado, esta era una clara señal de que ahora lo estaba.

—Eres mía, Vittoria. Y no como un objeto al que se puede poseer. —Quería decir más, pero aún no era el momento; ella no estaba preparada para la magnitud de mis sentimientos.

No era una simple obsesión lo que me había mantenido estos dos años esperando por ella. La conocía más que cualquier otra persona en este mundo, y eso era fruto de todo el tiempo que me dediqué a observarla. Aunque muchos considerarían esto invasivo y perverso, yo lo veía como la mejor manera de conocer la verdadera esencia de una persona.

No pueden mentir cuando creen que se encuentran totalmente solos.

—Sigo sin entenderte, Dante. Eres como un rompecabezas imposible de armar —dice después de varios minutos en completo silencio.

—No puedes armar un rompecabezas cuando te faltan piezas. —Tiro de su mano acercando su cuerpo al mío—. Duerme. Mañana nos espera un largo día.

—Llevas todo el día en cama.

—No importa. Solo duerme.

No protesta de nuevo y en minutos escucho cómo su respiración se ralentiza. Cuántas horas llevaría sin descansar que aceptó dormir a mi lado sin percatarse de ello. Aprieta mi mano y, como si su subconsciente sintiera mi presencia, se acerca tanto a mi cuerpo que nuestras narices se rozan.

Me estaba apoderando de su mente, así como ella lo hizo con la mía.

—¿No ha despertado aún? —La voz de Pasquele me despierta, pero permanezco en mi lugar sin moverme.

—No. Tuvo un momento de lucidez en la madrugada, pero no se ha movido desde entonces —responde mi Vittoria, su voz apenas se escucha por encima de un susurro. Estaba muy cansada o Pasquele la intimidaba, así como llegó a hacerlo conmigo cuando era niño.

—Avísame cuando despierte; las personas comienzan a preguntar por nuestro don. —Las fuertes pisadas de Pasquele se dirigen a la puerta, pero luego se detienen—. Y, niña, buen trabajo. —Se cierra la puerta dejándonos solos de nuevo.

Un suspiro de Vittoria me hace saber lo cansada que está en realidad.

—Pajarito, ayúdame a levantarme. —Su pequeño grito de

sorpresa me saca una sonrisa—. Por favor, mi cuello no soporta un segundo más en esta posición.

—¿Hace cuánto estás despierto? —pregunta mientras me ayuda a enderezarme. Mi rostro permanece imperturbable mientras los puntos en mi espalda se estiran—. Ese señor no mintió cuando dijo que tenías muy buena resistencia al dolor —afirma.

—¿Ese señor? —Sus manos se alejan de mí cuando ve que puedo permanecer sentado en la cama por mi cuenta. Quiero protestar, pero decido no hacerlo.

—Sí, el que parece que todo el tiempo está de mal humor.

—Ah. Ese es Pasquele, mi *consigliere.* —Me pongo de pie con cierta dificultad y me detengo frente al espejo para ver mi espalda. Tenía alrededor de quince costuras; algunas parecían ser heridas profundas, pero otras eran más superficiales—. Sabía que lo harías bien. Nunca dudé de tus capacidades.

—*¡Du bist ein idiot!*[1]. Debiste llamar a otro doctor. —Mi cuello por poco se sale de su eje al escucharla hablar en alemán—. Por poco tengo un ataque de pánico mientras limpiaba tus heridas. Y casi me desmayo por tu culpa. Nunca más quiero coserte alguna herida. Para la próxima me iré y te dejaré solo para que aprendas a curarte tú mismo. O mejor, deja de meterte en problemas para que no tenga que verte en este estado. ¡Te odio...!

Tomo su rostro en mis manos para detener su vómito verbal. Pasaba tan rápido del alemán al italiano que me había sido casi imposible entender todo lo que dijo. Pero ahora sus lágrimas de la madrugada habían cobrado sentido; sus emociones fueron tantas que la única forma que encontró su cuerpo de sacarlas fue llorando.

—Lo siento. No fue mi intención ponerte en esa situación, pero fue lo único que se me ocurrió. La vida del otro chico vale tanto como la mía, así que debía hacer todo lo posible para que lo salvaran.

—Tú y tu estúpido corazón que a veces parece funcionar. Lo

juro, Dante. Nunca más quiero hacerme cargo de alguna de tus heridas. No fue para eso que me compraste.

Tal vez sea la frustración de lo sucedido en esa bodega o que su preocupación por mí me había golpeado demasiado fuerte, pero antes de que ella pueda pronunciar otra palabra, la pongo contra el espejo y sostengo sus brazos por encima de su cabeza.

—Dos cosas, pajarito. Escucharte hablar dos idiomas diferentes me gustó tanto que estar a solas contigo en este momento solo alimenta las cosas sucias que quiero hacerte. Y, por última vez, no te compré; no eres un objeto. Vuelve a siquiera comenzar esa palabra y te azotaré el culo.

Sus pupilas se habían dilatado al igual que hace dos días cuando habíamos estado de compras. Mi pajarito tenía un lado perverso que haría salir a la luz.

—Ahora ve a darte un baño y descansa. —Acaricio su rostro, viendo las ojeras que no tenía hace dos días. Me iría al infierno por haber perturbado su sueño—. Descansa. Vendré más tarde a verte.

Salgo de la habitación antes de hacer algo como el ponerme de rodillas frente a ella y demostrarle cuánto lo sentía en verdad. Pero ya llegaría el momento en que no la dejaría salir de la cama hasta haber probado cada parte de su cuerpo y que su vientre esté gestando a mi hijo.

ONCE

Vittoria

Luego de tomar una ducha intento recuperar el sueño perdido, pero cada vez que cierro los ojos, lo único que puedo ver es la espalda ensangrentada de Dante. Había hablado en serio cuando le dije que para la próxima vez lo dejaría solo. No tenía madera para ver a las personas heridas.

Decido que no quiero permanecer un segundo más en la habitación, salgo de ella y me dirijo al jardín. La casa parecía tener más movimiento de lo habitual, deducía que esto se debía a que Dante había sido herido. Me tomó horas coser las heridas de su espalda y durante todo ese tiempo no movió ni un músculo. Debió haber experimentado una clase de dolor insoportable para tolerar que le perforen la piel con una aguja teniendo la piel casi en carne viva.

Cada nueva cosa que descubría de Dante me empujaba más cerca de la necesidad de querer conocer todo sobre él. Y esa necesidad era muy peligrosa.

Los jardines se encuentran completamente solos cuando llego a ellos, y agradezco de inmediato eso. No quería toparme con alguno de los hombres que habían venido a ver a Dante. Aún no había tenido la oportunidad de conocer a todos los que se quedaban en la casa. Por lo general cuando me levantaba, todos ya se habían ido a trabajar y regresaban cuando yo estaba profundamente dormida.

A pesar de que el jardín era de solo rosas, no me gustaban demasiado, lo que me gustaba demasiado era pasar el tiempo recorriendo los pasillos llenos de rosales. Casi parecían salidos de un cuento de hadas, aun cuando nunca había tenido la oportunidad de leer uno cuando era niña. Con cada paso que daba me alejaba cada vez más de la mansión y se sentía bien.

Siempre que daba estos paseos, Renato se encontraba a pocos metros cuidándome, y aunque casi no hablaba, nunca podía olvidarme de que estaba ahí, aunque hoy estaba en una reunión junto con otros miembros del personal de seguridad, por lo que estar completamente sola en el exterior me hacía sentir libre. Libre de verdad.

Pero esta extraña y gratificante libertad se ve interrumpida de manera abrupta cuando escucho unas fuertes pisadas dirigiéndose en mi dirección. Me doy la vuelta, esperando encontrarme con Dante o Renato, pero es alguien totalmente diferente quien camina hacia mí.

—Princesa mía. —Cada músculo de mi cuerpo se tensa al escucharlo—. Estás muy lejos de tu castillo, ¿no crees?

—Señor Lombardi. —digo con toda la calma que puedo.

Mariano Lombardi era un cliente habitual del club, más de una ocasión intentó conseguir un baile privado conmigo, pero Abele siempre se negó. Mariano era conocido por no respetar la regla de «no tocar», siempre se sobrepasaba. Él había estado con todas las mujeres del club y siempre le molestó que nunca pudo tenerme. Todos en el club me conocían como la «princesa» porque nadie nunca obtenía más que un baile público de mí. Era la protegida.

—Sabes, me decepcioné mucho cuando te compraron. Creí

que este año tendría suerte y podría llevarte conmigo a casa. Pero aquí estás, en la mansión del don.

Asiento sin saber qué más decir. Era consciente de que él y muchos más querían comprarme. E incluso varios manifestaron su disgusto a Abele de por qué no podían tenerme. Esta subasta había sido diferente, ya que fue el mismo don quien se interesó en mí y Abele, al estar en su territorio, debía cederme, lo quisiera o no.

¿Era por eso que Dante lo había matado? ¿Se había vuelto una amenaza para su territorio?

—Señor Lombardi, espero que el resto de su recorrido sea agradable. Tengo que volver adentro.

Me doy la vuelta para tomar otro de los pasillos y dirigirme a la seguridad de la mansión, pero un fuerte tirón en mi cabello me hace gritar y caer al suelo. El impacto me deja aturdida por unos segundos.

—Siempre supe que el egoísta de Abele te tenía guardada para alguien más. Ese bastardo guardaba lo mejor para los hombres más poderosos —gruñe acuclillado frente a mi cara—. ¿Qué tiene Dante que yo no? ¡Soy igual de poderoso que él! —Me encojo de hombros al escuchar su grito.

Tenía que alejarme en cuanto pudiera de él, no me gustaba para nada el camino que estaba tomando aquello. Mariano era un hombre muy impulsivo y abusivo.

Cuidando no hacer ningún movimiento brusco, me enderezo y me acuclillo, así en cuanto tuviera la oportunidad saldría corriendo.

—Creo que esta es una conversación que debería tener con Dante. Yo no tengo nada que ver en esto. —Entierro la mano en el suelo de arena y aprieto el puño, esperando el momento.

—Te equivocas, princesa, lo tiene que ver contigo. La única razón por la que Abele te guardó fue porque eras virgen, ¿o me equivoco? —Paso saliva, sintiendo como el miedo quiere apoderarse de cada centímetro de mi cuerpo—. Pero ya no lo eres. Ya no le sirves a Dante y vales lo mismo que cualquier puta. —Su sonrisa macabra me eriza los vellos de la piel—. Seguro ese coño tuyo sigue apretado, y puedo hacerte sentir mejor que ese niñato.

Estira la mano con intención de tocarme la cara, pero alzo la mano y le arrojo un puñado de arena en el rostro.

—¡Maldita perra! —Su grito retumba con fuerza mientras corre detrás de mí—. ¡Cuando te atrape, voy a follarte! ¡Perra asquerosa!

—¡Dante! —grito a todo pulmón con las lágrimas quemando mis ojos—. ¡Dante! —Mi garganta se desgarra con un grito atroz cuando una mano se cierra con fuerza alrededor de mi cabello y tira hasta tenerme de espalda a uno de los rosales—. ¡No! ¡Suéltame! —Araño los brazos de Mariano cuando cierra las manos alrededor de mi cuello, cortando mi flujo de aire.

—Quédate quieta como una buena puta. Prometo que no seré tan rudo. —Jadeo en busca de aire. Mis brazos estaban perdiendo fuerza y unas manchas negras entorpecían mi visión. Llevo las manos a su cara y lo araño como último intento de que me suelte. Cuando sus manos se aflojan un poco alrededor de mi cuello y consigo respirar, le doy un puñetazo en la cara.

En cuanto me suelta, intento correr, pero mis piernas apenas eran capaces de sostenerme. Mierda. Mierda. No iba a rendirme. Este hombre no iba a violarme. Miro a mi alrededor en busca de algo con qué defenderme, pero no había más que rosales rodeándome.

Me doy la vuelta dispuesta a luchar con Mariano con la poca fuerza que me queda, este sonríe arrogante cuando se da cuenta de que apenas puedo sostener mis brazos.

—Eres un bastardo enfermo. Dante va a matarte —siseo.

—Tiene cosas más importantes que hacer que preocuparse por una puta como tú. —Se lanza sobre mí e intento golpearlo de nuevo, pero es más rápido que yo y me detiene—. Creo que deberías arrodillarte y comenzar a pedir...

El sonido de un disparo y la sangre salpicando mi rostro detiene mi respiración, y hasta casi los latidos de mi corazón. El cuerpo de Mariano cae inerte al suelo con la sangre saliendo a borbotones por detrás de su cabeza.

Alzo la mirada, encontrando a Dante de pie a unos metros de mí con el arma en la mano. Su mirada era la misma que había tenido cuando mató a ese hombre en mi primera noche en el club. Solo que esta vez en ella refulgía la ira.

Retrocedo, alejándome del cuerpo, y me dejo caer en el suelo, sintiendo mi cuerpo como un saco de papas. Me dolía el cuello, la cabeza y la mano con la que había golpeado a Mariano.

Dante se apresura a donde estoy y se arrodilla, tomando mi rostro entre sus manos.

—Lo siento, pajarito, por la tardanza. —La preocupación en su voz casi me hace inclinarme ante su tacto—. Debí matar a ese hijo de puta cuando se atrevió a querer pagar por ti —gruñe viendo mi cuello. Seguro había dejado marcas.

—¿Lombardi había querido comprarme?

—Sí, lo intentó, pero solo muerto alguien podrá alejarme de ti. —Acaricia mi rostro con ternura. Debí haber hecho la pregunta en voz alta—. Nunca habría permitido que alguien más te llevara.

Mi corazón da un salto al escucharlo.

Oh, hombre. Iba en picada.

—No deberías estar en esa posición —susurro sintiendo los ojos cada vez más pesados, aunque este no era el mejor momento para desmayarme—. Tu espalda —digo a modo de explicación cuando frunce el ceño.

Como puedo, me pongo de pie, pero de inmediato mi mundo comienza a girar. No duda en rodearme con su brazo para estabilizarme, sin quererlo recuesto la cabeza contra su pecho. Me gustaba su fragancia varonil.

—Dante.

—¿Mmm? —Su mano libre acariciaba mi cabello, como tratando de tranquilizarme.

—Voy a desmayarme.

Lo último que escucho es su voz soltando una sarta de insultos en italiano antes de ser arrastrada por las sombras.

DOCE

Dante

Hace treinta minutos que Vittoria se desmayó y todavía no despertaba. No debí pedirle a Renato que fuera a esa reunión, pero creí que podría deshacerme rápido de mis socios y regresar a la cama con Vittoria.

Camino de un extremo de la habitación al otro sin quitarle la mirada de encima.

Comenzaba a preocuparme que fuera algo más que un simple desmayo. Me había tomado más tiempo del que creí encontrarla entre los rosales. Estaba despidiendo a mis hombres cuando escuché su grito, llamando mi nombre. El terror en su voz oprimió mi pecho con tanta fuerza que, por un segundo, pensé que estaba muriendo. No había vuelto a sentir ese tipo de miedo desde que mis padres murieron.

Cuando vi a Mariano con sus manos sobre Vittoria, todo se tiñó de rojo y en lo único que pensé fue en alejarlo de ella. Había sido el mejor tirador de mi grupo cuando aprendí a disparar, así que solo me tomó unos segundos calcular desde qué ángulo debía hacer el tiro para no correr el riesgo de que la bala saliera de la cabeza de Mariano y alcanzara a Vittoria.

Verla desplomarse con la mirada desorbitada rompió mi corazón en mil pedazos. Ese corazón insensible solo funcionaba cuando se trataba de ella. Había asesinado a otro hombre frente a sus ojos; la culpa me estremeció al suponer que, con lo que Mariano le hizo y verla presenciar una muerte, la había lanzado por un abismo emocional.

La sostuve con fuerza entre mis brazos cuando se desmayó. En el momento en que me advirtió, recordé las palabras de Pasquele: ella había estado a punto de desmayarse cuando tuvo que suturarme la espalda. ¿Acaso sabía cada vez que se iba a desmayar? ¿O las situaciones de mucho estrés y ansiedad colapsaban su mente? Apostaba por esta última.

La llevé en brazos hasta su habitación, ignorando las palabras de Pasquele sobre mi espalda, porque no dejaría que nadie más la cargara en brazos. Había permanecido a su lado desde entonces y con cada minuto que pasaba la ansiedad en mi cuerpo incrementaba.

Los ojos bajo sus párpados se mueven y segundos después los abre, dejándome ver sus hermosos ojos verde claro. Intenta enderezarse, así que me acerco y la ayudo. Su mirada demora unos minutos en centrarse en mi rostro, como si estuviera desorientada.

—¿Estás bien, pajarito? —Asiente, pero de inmediato deja salir un quejido y cierra los ojos—. ¿Qué sucede? ¿Qué te duele? ¿Llamo al doctor? —Tomo su rostro entre mis manos, esperando ansioso su respuesta—. ¿Vittoria?

Me congelo en mi lugar cuando su dedo índice se posa en mis labios.

—Silencio. Tu voz me hace palpitar la cabeza. —Abre los ojos con lentitud y me regala una pequeña sonrisa—. Estoy bien.

No respondo debido a que su acción me había dejado sin palabras. Nadie nunca me hizo callar. Terminarían muertos antes de completar la acción.

—¿Segura? Puedo llamar al doctor para que te revise. Vendrá

enseguida. —susurro cada palabra, no quería provocarle más molestias.

—¿Seguirás insistiendo si digo que no? —Asiento sin apartar las manos de su rostro. Quería estar completamente seguro de que estaba sana—. Está bien. Llámalo.

Sonrío, y sin siquiera pensarlo, dejo un beso en su frente, salgo de la habitación y llamo al doctor.

A partir de ahora, no permitiría que nada le sucediera a mi pajarito.

El doctor la revisó tres veces y en cada una de ellas me aseguró que estaría bien. Tenía una leve contusión en la cabeza, por lo que debía descansar y evitar los sonidos fuertes. Su cuello estaría bien, solo debíamos esperar a que las marcas desaparecieran.

El doctor sale de la habitación, dejándome con una muy malhumorada Vittoria. No le había hecho gracia que hiciera que la revisaran tres veces, pero me importaba muy poco que estuviera enfadada. Estaba sana y a salvo de cualquier idiota que quisiera hacerle daño.

—A partir de ahora, si Renato tiene que asistir a una reunión, otro de mis chicos estará contigo. No volveré a dejarte sola. —Frunce el ceño, lo que evidencia su molestia. Se veía linda con aquel gesto—. No está a discusión, pajarito. No me arriesgaré a que la situación de hoy vuelva a repetirse. —Me acerco, sentándome a su lado, y acaricio su mejilla, disfrutando de la suavidad de su piel—. ¿Puedo saber qué pasó? —pregunto.

Transcurren unos minutos en silencio hasta que asiente.

—Mariano era un cliente habitual del club. —La ira se enciende en mi pecho al escuchar lo que ya sabía, mis ojos se cierran al imaginar a mi pajarito estando en la misma habitación que ese bastardo sin mí estando cerca, y sin poder hacer algo para alejarse de él. Si no estuviera muerto ya, lo mataría de nuevo—. Era conocido por no respetar las reglas. Le gustaba tocar a las chicas cuando le daban bailes privados.

—¿Alguna vez te tocó? —pregunto con la mandíbula apretada.

Niega. De inmediato mi cuerpo se relaja un poco.

—Abele siempre se negó cuando me pedía para un baile privado. Y aunque ofreció mucho dinero para... tenerme, nunca accedió. —Bien, ese hijo de puta había hecho algo bien por una vez en su vida—. Estaba molesto contigo por tenerme. Dijo y cito: Abele siempre guarda lo mejor para los más poderosos. Creía que era igual de poderoso que tú. —Pone los ojos en blanco al terminar la oración, lo que me hace reír.

—¿No piensas que ese viejo asqueroso era igual de poderoso que yo?

Bufa.

—Eres el puto don. El hombre más poderoso del país. Nadie, ni siquiera la presidenta, tiene tanto poder.

Sonrío, no sabía cuánta verdad había en sus palabras.

—¿Puedo hacerte una pregunta? —dice luego de varios minutos en silencio. Asiento—. ¿Por qué mataste a Abele? —Mi cuerpo se tensa al escucharla—. Pasquele me contó cuando estabas casi inconsciente.

—Era un estorbo —digo simplemente. Si le respondía que era porque sospechaba que le había hecho algo, me preguntaría cómo llegué a esa conclusión. Aprovechando que había sacado el tema, decido arriesgarme—. ¿Puedo hacerte yo ahora una pregunta? —Asiente—. ¿Abele alguna vez te maltrató? Ya fuera física o verbalmente, necesito saberlo.

Si lo había hecho, quemaría todo lo que alguna vez perteneció a Abele, comenzando por ese repugnante club. Haría que se retorciera de sufrimiento en el infierno al ver como lo que más amaba se volvía ceniza.

Varias emociones recorren el rostro de mi Vittoria, primero, tristeza, luego dolor y por último ira.

—Fue solo una vez. Después de eso, no volvió a tocarme.

—¿Qué hizo?

Pregunto con una tranquilidad que me sorprende, pero todo era una fachada. Muy dentro de mí los pensamientos más oscuros y retorcidos hacen acto de presencia, con la única misión de enseñarle a todo el mundo cuáles eran las consecuencias de tocar a mi mujer.

—Sucedió el día que me negué a usar el horrendo traje fluorescente. Me abofeteó.

Reprimo un gruñido. Debió suceder cuando me alejé del camerino, porque de haber escuchado el golpe, habría matado a Abele y tomado a Vittoria sin importarme las consecuencias que trajera consigo.

—¿En qué mejilla fue?

Ladea el rostro, dejando que los rayos de luz acaricien su pómulo derecho. Inclinándome, dejo un tierno beso en su tersa piel.

—Lo siento.

—¿Por qué? —dice reprimiendo un bostezo.

—No te protegí.

Niega, mirándome con la mirada brillosa por alguna emoción que desconocía.

—Me protegiste la primera vez que nos vimos. Ni siquiera me conocías, Dante. Así que no te culpes por algo que no fue tu culpa. —Recorre mi rostro detenidamente, como si esperara encontrar algo—. Al único que había que culpar es a mi padre, y tú no te pareces en nada a él.

Sus palabras me golpean con fuerza, sacudiendo todo en mi interior. Esta mujer conseguía que cosas extrañas le sucedieran a mi cuerpo.

—¿Puedo hacerte una última pregunta? Prometo que luego te dejaré descansar.

El cansancio era visible en su rostro, su cuerpo debía estar poniéndose al día con todo lo que había sucedido.

—Por supuesto.

—¿Siempre te desmayas en situaciones de estrés?

Ríe, tomándome por sorpresa.

—Supongo que ya te diste cuenta. Y sí, suelo desmayarme en situaciones de estrés. O si estoy muy nerviosa o emocionada. Es como si mi cerebro se desconectara por unos minutos.

—Esta vez fueron treinta minutos. Creí que te había pasado algo peor.

—Mientras más fuertes sean las emociones antes de desmayarme, más tiempo estaré inconsciente.

—¿No hay manera de controlarlo? Pasquele me dijo que lo pudiste controlar muy bien cuando estabas a punto de suturarme.

—Tu *consigliere* me ayudó a poner los pies sobre la tierra.

Nos quedamos en silencio por largos minutos. Cada uno perdido en sus pensamientos. Toda la información que obtenía de ella se iba guardado en un archivo con su nombre en mi mente, y esa carpeta estaba entre todas las importantes, solo que la suya estaba en primer lugar.

—¿Te gustaría comer algo? —pregunto.

—No creo que mi estómago pueda procesar algo como comida en estos momentos. Creo que dormiré un poco.

—¿Comiste el tiempo que me cuidaste?

Estaba preocupado de que comenzara a saltarse las comidas. Podría enfermarse si seguía así.

—Lo hice. Giada se aseguró de mantenerme alimentada.

Le doy un beso en la frente antes de irme de la habitación para dejarla descansar. Le envío un mensaje a Pasquele para que reúna a todos mis hombres disponibles en la entrada de la mansión. Era hora de dejar algunas cosas claras.

Miro a mis hombres, todos mantenían una posición firme con la mirada hacia el frente. No cualquiera formaba parte de mi cuerpo de seguridad, solo los mejores me cuidaban las espaldas.

—Lo que sucedió hoy no volverá a repetirse. A partir de ahora, cada uno de ustedes protegerá con su puta vida a Vittoria. Y el que no esté de acuerdo puede decirlo sin miedo. Lo dejaré irse si eso es lo que quiere. —Todo queda en silencio, solo se escucha el viento azotando las hojas de los árboles—. Bien. Ahora que eso ha quedado claro, quiero hacer otro anuncio. Si alguna vez veo a uno de ustedes, siquiera mirando de mala manera a mi mujer, pondré una bala entre sus ojos. Nadie le faltará el respeto a mi futura esposa. —Los ojos de mis hombres se abren como platos, pero de inmediato regresan a su expresión estoica—. Eso es todo. Pueden retirarse.

Cada uno se despide con un movimiento de la mano y regresan a sus tareas.

Pasquele, a mi espalda, carraspea.

—Sé lo que dirás —afirmo dándome la vuelta.

—¿En serio? ¿Qué es entonces?

—Ella no ha aceptado ser mi esposa.

—Ahí lo tienes, muchacho. Sabes bien que ahora todo el mundo querrá hacerse amigo de la futura esposa del don. ¿Cómo le explicarás que ahora todos creen que se casará contigo?

—No «creo», se casará conmigo.

—Eso aún no lo sabes. —Suspiro, sabiendo que es una discusión perdida.

—Se lo diré cuando esté mejor.

Entro con intención de regresar a la habitación, pero sus palabras me detienen.

—Si no tienes cuidado, esa mujer te hará pedazos. Y luego te armará a su gusto y manera.

TRECE

Vittoria

U n frío sudor recorre mi cuerpo hasta que permanecer debajo de las sábanas es insoportable. Salgo de la cama, descubriendo que estoy sola en la habitación, ¿Dante no había regresado? Miro la hora en el reloj de la mesita de noche. Eran las tres de la mañana.

Bajo a la cocina en busca de un vaso de agua y algo para comer. Sentía mi cuerpo como si acabara de terminar de correr una maratón. El vaso se desliza de mi mano cuando enciendo las luces de la cocina y veo a Dante sentado frente a la encimera con un vaso en la mano, lleno de lo que parecía ser alcohol.

—Mierda. Me asustaste. —Me mira en completo silencio, su mirada parecía ligeramente desorbitada. ¿Cuánto tiempo llevaba aquí bebiendo solo? Recojo los vidrios rotos con cuidado y los echo a la basura, luego me acerco a Dante, estaba ebrio—. Hey, ¿estás bien?

Vacía lo que queda en su vaso y toma la botella para servirse más licor, pero lo detengo.

—Creo que ya es suficiente —susurro con delicadeza—. Ahora, ¿te gustaría decirme qué tienes? —Sabía reconocer de inmediato los tipos de borrachos, y Dante era del tipo que dejaba salir su lado dulce y tierno. Niega—. ¿Por qué no? Soy buena escuchando. —Sentía que estaba tratando con un niño de cinco años.

—Porque lo usarás para hacerme pedazos y reconstruirme a tu gusto. ¿Acaso no te gusta cómo soy? —Su respuesta me toma por sorpresa. A pesar de que se había bebido media botella de ron, hablaba con fluidez—. Prometo que si no te gusta como soy, cambiaré.

—¿Por qué dices eso? —Me siento en la silla a su lado y sin pensarlo acaricio su cabello, sintiendo como me hace cosquillas la mano por lo corto que está—. Dudo mucho que a alguien no le guste cómo eres. Mírate, eres guapo, rico y todos te temen. Muchos querrían ser como tú.

Había varios motivos por los que decidí decir eso, pero los dos más importantes eran que mañana no recordaría nada de esto y que podría sacarle algo de información en aquel estado.

—¿Coqueteas conmigo, pajarito? —Las comisuras de sus labios se estiran hasta que forman una sonrisa completa—. Me gusta. Y tú también. —Suspira, acerca su mano a mi rostro y comienza a recorrerlo con suavidad—. Cada vez que te toco, siento que mi corazón se acelera. La primera vez que pasó creí que estaba teniendo un infarto.

Río, sin poder creer que a este hombre, el don más temido de la mafia, nunca se le haya acelerado el corazón por algo más allá de la adrenalina. Sus dedos recorren la forma de mis labios, haciendo que todos los vellos de mi cuerpo se ericen.

—¿Sabías que tengo la regla de no besar durante el sexo ni en ninguna otra circunstancia? —Entonces, ¿nunca había besado a nadie? Bueno, eso parecía ser completamente imposible—. Pero tus labios son demasiado tentadores. Cada vez que los veo solo puedo pensar en si son tan suaves como se ven.

El calor sube por mi pecho hasta calentarme las mejillas. Mi corazón se estaba volviendo loco por sus palabras y caricias.

—¿Nunca te has enamorado? —pregunto de forma apresurada.

—Nunca. No he tenido tiempo para esas cosas.

Su respuesta me deja una extraña comezón en el pecho, pero la ignoro.

—Entonces quieres casarte sin estar enamorado. —Deduzco—. Lamento decirte que escogiste a la mujer equivocada para eso. Aún tienes tiempo de buscar a alguien más.

Frunce el ceño y comienza a negar.

—¿Estás enamorada de alguien más? ¿Por eso no quieres casarte conmigo? —Creo ver el dolor en su mirada al pronunciar esas palabras, pero tan rápido como llega, desaparece, así que no podría estar del todo segura.

—No, Dante, no estoy enamorada de alguien más. Me refería a que yo nunca me casaré sin que mi pareja esté completamente enamorada de mí. Es una de las razones en mi larga lista por las que no quiero casarme contigo.

Mis palabras parecen llamar su atención.

—¿Tienes una lista? Si es así, la quiero.

—O sea, es una lista en mi mente. No la tengo por escrito.

Mientras más tiempo continuaba esta conversación, más cuenta me daba de lo loco que estaba aquel hombre.

—Entonces escríbela. Pon en esa lista todos tus motivos y me encargaré de desaparecer cada uno de ellos.

Lo miro en silencio sin creer lo que me está pidiendo, pero al ver que no dice nada más, termino asintiendo.

—Está bien. Te haré una lista.

Sonríe, poniéndose de pie, y toma su botella de ron. Estaba demasiado aturdida con nuestra conversación como para detenerlo. Lo veo irse, pero se queda inmóvil a tan solo unos pasos de la puerta.

—¿Por qué hablas alemán? —pregunta girándose.

—Eh... estuve rodeada de alemanes dos años. Por lo que con el tiempo fui aprendiendo el idioma.

Asiente y vuelve a sonreírme.

—Buenas noches, pajarito.

Me quedo sentada en el taburete por varios minutos antes de regresar sola a la habitación. Había ido en busca de agua y comida y regresé únicamente con una demoledora curiosidad por los planes que tenía Dante para mí las próximas semanas.

Algo era seguro ahora, él no quería dejarme ir por nada del mundo.

Tomo mi desayuno en completo silencio, Dante no se había presentado como habitualmente lo hacía para acompañarme. De seguro tenía resaca. El sonido de unos tacones acercándose al comedor me hacen alzar la vista, era Eloísa.

—¡Vi! —Se apresura a sentarse a mi lado y me abraza—. ¿Cómo te encuentras? Dante me dijo que fuiste atacada ayer en el jardín. Dios, si hubiera estado en la mansión, habría ido a caminar contigo para que no estuvieras sola cuando esas aves carroñeras andan por aquí.

—Estoy bien, Eloísa —digo para calmarla. Había notado que ella era igual que yo cuando algo le preocupaba; tenía un vómito verbal—. De hecho, iba a ir a buscarte al terminar de comer. Necesito que me expliques un poco sobre las galas benéficas. No podré hacerlo yo sola, necesitaré toda tu ayuda.

Asiente, sonriente.

—No te preocupes, estaré contigo en todo momento. —Mira en dirección a la cabeza de la mesa y frunce el ceño—. ¿Sabes dónde está mi hermano? Es raro que falte a desayunar.

—Eh... ayer lo encontré bebiendo a altas horas de la madrugada. Seguro sigue durmiendo.

—¿Algo sucedió? Él no es de los que beben por hacerlo.

Me encojo de hombros sin saberlo. Sí era cierto de que había estado algo melancólico y dramático, pero lo atribuí a los efectos del alcohol.

—Tal vez sea mi presencia aquí lo que lo llevó a beber.

Niega de inmediato.

—No. De hecho, no había bebido desde tu llegada aquí, al menos eso es lo que me dijo Giada. Pero antes de que llegaras, Dante era un desastre. Cada vez que regresaba del club se volvía loco y comenzaba a beber. Al día siguiente actuaba como si nada hubiera pasado.

—¿Por qué regresaba tan...?

—Buenos días. —Ambas nos sobresaltamos al escuchar su fuerte voz en la entrada del comedor—. Si están hablando de mí, continúen, que mi presencia no las perturbe.

Intento negar lo que en efecto estábamos haciendo, pero Eloísa me detiene.

—Hermano, te ves como la mierda.

Ante sus palabras, me percato de su aspecto, parecía que apenas había logrado dormir y un ceño fruncido acompañaba la molestia en su mirada.

—Gracias por tu muy innecesaria opinión, hermanita.

—Siempre a tu orden.

Lo observo mientras retomamos el desayuno en silencio. ¿Qué había pasado luego de que lo dejé irse? ¿Por qué no regresó a la habitación a dormir? Los últimos días habíamos estado durmiendo juntos, y debía confesar que ya me estaba acostumbrando a él. Suspiro interiormente, alejándome de esa línea de pensamientos. No debía querer que durmiera a mi lado, de hecho, debería ser todo lo contrario.

En cuanto Eloísa y yo terminamos de comer, nos ponemos de

pie para dejar que el oso grizzly sentado a la cabeza de la mesa procese su irritación solo, así nosotras no seríamos daños colaterales por si decidía desahogarse.

—Vittoria. —Sus palabras son como un látigo en mi espalda, provocando un escalofrío que me recorre entera. Había una clara advertencia en la manera en que pronunció mi nombre, ¿pero advertencia sobre qué?—. Quiero esa lista.

¿Lista? ¿A qué lista...? Oh, «esa» lista. Mierda, si recordaba eso, ¿acaso también el resto de la conversación? Si era así, debía alejarme lo más pronto posible de aquí.

—¡Por supuesto! —grito saliendo de la habitación.

No haría ninguna lista y esperaba con cada fibra de mi alma que no recordara nada más.

CATORCE
Dante

Mi conversación con Vittoria no me había dejado pegar ojo en toda la noche. La única razón por la que no regresé a su habitación para dormir con ella fue que era muy consciente de lo sincero e intenso que podía ser cuando bebía demasiado. Nuestra charla de anoche lo demostraba.

Tenerla tan cerca, con sus manos sobre mí, fue una maldita tortura. Nunca pensé que una simple caricia suya podría llevarme al límite, pero ella había sido la excepción a todas las reglas desde que la vi por primera vez, y mi polla estaba algo entusiasmada con la idea de tomar una de sus primeras veces.

Me acerco a la habitación de mi hermana después de desayunar y, al instante, escucho la voz de mi pajarito saliendo de ella.

—... ¿Entonces solo colores neutros? Anotado. ¿Y qué hay sobre las temáticas de estas galas?

—No hay una temática obligatoria para estas galas, pero como esta es la más importante, ya que es la primera del año, tendrá que ser algo inolvidable.

Llamo a la puerta y entro a la habitación. Estaban sentadas en la cama, rodeadas de una gran variedad de carpetas esparcidas por toda la superficie. Mantengo la mirada alejada de Vittoria; si se sentía incómoda por nuestra conversación de anoche, no quería hacerle las cosas más difíciles. Ya le estaba pidiendo bastante con la lista.

—Lamento interrumpirlas. Solo quería avisarles que estaré fuera todo el día, tengo varios asuntos que resolver. También quería darte esto, Vittoria. —Saco una Amex negra de mi bolsillo trasero y se la entrego—. Todos los gastos de la gala cárgalas a esta tarjeta, al igual que cualquier cosa que quieras comprarte.

Ella observa la tarjeta en silencio hasta que asiente.

—Está bien. ¿Cuál es el límite?

Su pregunta me hace sonreír.

—Nada de límites. Puedes hacer lo que quieras con mi dinero. —Le guiño un ojo antes de salir de la habitación. Río entre dientes al escuchar los gritos de emoción de mi hermana.

No solo podía hacer lo que quisiera con mi dinero, sino conmigo. Era una sensación extraña y peligrosa, dejar que alguien tuviera ese tipo de poder sobre mí. Pero, de alguna manera, con ella no me importaba.

—Bien, «Pedro». ¿Quieres decirme cómo llegaste a esta situación?

—¡Es Piero, hijo de puta! —grita el italiano frente a mí, que no era más que un traidor.

—¿Tengo cara de que me importa tu puto nombre? —siseo a pocos centímetros de su cara—. Dime a quién demonios ibas a venderle mi droga, «Pedro». O juro por Dios que te arrancaré dedo por dedo hasta que hables. —Traga saliva, pero no dice palabra alguna—. Si así lo quieres. Pasquele.

Extiendo la mano hacia mi *consigliere*, que había permanecido de pie en las sombras desde que llegué al almacén para torturar al traidor. Deja caer una piqueta en mis manos. Sonrío al sentir su peso.

—Última oportunidad —digo mientras tomo la mano de Pedro y separo sus dedos, decidiendo cortar primero el dedo pequeño—. Dime a quién ibas a venderle mi droga y nos ahorraremos todo esto. —Niega con la cabeza, así que antes de que pueda tomar otra respiración, separo su dedo pequeño del resto de su cuerpo. Los gritos no tardan en inundar el almacén. Tomo su mano de nuevo y preparo su dedo anular para cortarlo—. ¡Dame el maldito nombre!

—¡Vete el infierno!

Le corto el dedo y continúo hasta que he terminado con ambas manos. Suspiro al darme cuenta de que Pedro no me diría ni una sola palabra. Debieron pagarle bastante bien como para que intentara robarme. Saco el arma y le disparo en la sien. De igual forma le agradecía a su jefe; no quería hombres en mis filas cuya lealtad pudiera ser comprada.

—Eso no salió como esperaba, señor —dice Pasquele a mi espalda.

—Por desgracia. —Tomo el pañuelo que me tiende y limpio la sangre de mis manos—. Necesito que llames a Ethan y a los demás para una reunión telefónica. Es hora de ponernos al día.

Salgo del almacén, tomo el coche y me dirijo al club de Abele. Necesitaba liberar algo de tensión.

Observo las llamas acariciando la estructura frente a mí. Había entrado una hora atrás al club gritando que todo aquel que estuviera adentro tenía sesenta segundos para evacuar el lugar. Después de ese tiempo, terminaría hecho cenizas. Nadie me tomó en serio hasta que rocié gasolina sobre uno de los hombres de seguridad, luego de eso todos salieron despavoridos, gritando insultos en diferentes idiomas.

Me tomé mi tiempo para rociar cada superficie con gasolina. No quedaría un solo lugar sin carbonizar. Y ahora, viendo el resultado de mi arduo trabajo, no podía sentirme de otra forma que no fuera orgulloso.

Haría desaparecer todo aquello que alguna vez le hizo daño a mi pajarito.

Y este solo fue el segundo objetivo de mi lista.

Le doy la espalda a los restos de club, sabiendo que Abele ahora lo estaba pasando mucho peor en el infierno. Una sonrisa se extiende por mi rostro al imaginar sus gritos de dolor. Me subo al coche y me dirijo a mi club, haría algo de papeleo mientras esperaba la llamada de los miembros del *priesthood*[1].

Había terminado de tachar cosas de mi lista. Por ahora.

Cuando mi teléfono suena, ya es bien entrada la noche. Había terminado todo el trabajo que tenía atrasado de los clubes, que se usaban principalmente para lavar mi dinero. También había adelantado varios acuerdos de futuras entregas de mercancía.

—Señores —digo al contestar. Pongo la llamada en alta voz mientras accedo a las cámaras de la mansión para ver dónde se encuentra mi pajarito. Renato me informó durante el día que ella y Eloísa se habían pasado todo el día organizando la gala benéfica, y al parecer mañana saldrían de compras para esta. Rápidamente la encuentro acostada en el sofá de la sala viendo algo en la pantalla plana—, espero que mi llamada no les sorprenda. —Continúo con la mirada fija en mi Vittoria.

—Al contrario, te habías tardado. —refunfuña Ethan, a quien siempre le irritaban mis llamadas. Él controlaba la mafia de Estados Unidos y era mi proveedor de drogas.

—Si solicitaste una reunión tan repentina, debe ser algo importante. —El fuerte acento de Velkan atraviesa las bocinas de mi teléfono; él dirigía la mafia en Europa.

—Así es, pero antes de entrar en ese asunto, me gustaría saber cómo se encuentra la situación en sus territorios.

—Creo que los serbios podrían ser un problema —comenta Velkan en tono pensativo—. Se están involucrando en el negocio de la trata de personas.

Asiento.

—Averigua qué tan grande es la red y ve si puedes acabarla por tu cuenta.

—En eso estoy, Dante —gruñe.

Algo que todos odiábamos de estas llamadas era que nos disgustaba cuando otro nos daba órdenes, pero nos soportábamos porque éramos aliados, y eso nos convertía en las personas más peligrosas del mundo.

—Escuché que estás teniendo problemas con una señorita que no deja de husmear en tus asuntos, Nathaniel —dice Ethan en tono burlón. El aludido no muerde el anzuelo ante su provocación—. Vamos, Nat, no seas gruñón.

—Cierra la puta boca o mis chicos le harán una visita a tu galería de arte. —Nathaniel era el más callado y serio de todos nosotros. Las únicas ocasiones en las que hablaba eran para decir algo importante o para lanzar alguna amenaza. Él era el encargado de manejar la mafia canadiense y de mantener buenas relaciones con los pequeños grupos terroristas del país. En caso de una guerra entre organizaciones, él era el que mejor preparado estaba.

—Oh, vamos. Solo bromeaba. —Pongo los ojos en blanco ante estos dos. A Ethan le encantaba molestar al oso y amaba demasiado su galería de arte, así que dejaría a Nathaniel por el momento.

—¿Vladímir? ¿No tienes nada que informar? —pregunto.

Vladímir era casi un completo desconocido para nosotros. Se

había convertido en líder de la mafia sudafricana hace unos tres años y era incluso más callado y reservado que Nathaniel. Lo que era decir demasiado.

—Las autoridades han estado merodeando muy cerca de mí. Parece que quieren acusarme de tráfico de armas.

Me paso la mano por la cara sin poder creer lo que estoy escuchando.

—¿Te metiste con el tráfico de armas? —pregunta Velkan—. Se supone que ese es el principal negocio de los rusos. Dante, tú les compras a ellos, ¿no?

—Así es. —respondo.

—Estoy algo alejado de los rusos, ¿no crees? —Bufa Vladímir —. Y respondiendo a tu pregunta, Velkan, sí, me involucré con el tráfico de armas.

—No puedo tener a un miembro del *priesthood* vendiendo armas cuando yo le compro a otros. Los rusos te verán como una amenaza para el mercado. —digo.

—Cuento con ello.

Su respuesta me deja completamente desconcertado. Estaba loco de remate.

—¿Buscas una guerra? —pregunta Nathaniel tomándome por sorpresa—. Si es así, llámame. Me gustaría divertirme un poco.

Niego sin poder creerlo. Esos dos no tenían remedio y nos iban a meter en putos problemas.

—Antes de que quieran organizar más guerras, los pondré al día con lo que está sucediendo aquí en Sicilia. —Suspiré, repentinamente agotado. Sentía cómo el cansancio se acumulaba en mis hombros y en mi espalda, cada músculo adolorido después de tantas horas de tensión. Quería ir a casa y dormir al lado de mi pajarito—. Un grupo del Ejército italiano está causando problemas, y creo que terminará en un gran enfrentamiento. ¿Contaré con ustedes si ese es el caso?

No quería dar demasiados detalles, y en ocasiones era mejor no hacerlo. Todos afirman que sí, lo que consigue que parte de mi estrés disminuya.

—En ese caso, tendrás otra guerra para entretenerte, Nathaniel. Eso es todo, gracias por su tiempo. —Cuelgan uno por uno, como malditos cavernícolas. No tenían putos modales.

—Creo que tu *consigliere* no me sugirió quedarme en la llamada, incluso cuando todos colgaron, solo porque disfrutas conversar conmigo, ¿cierto? —Podía escuchar la sonrisa en la voz de Ethan mientras hablaba.

—Tenemos un problema. Hay un espía en tus filas.

—¿Qué mierda? —sisea—. Si me pides que me quede solo para insultarme, voy a matarte y a llevarme a esa italiana que tienes en tu casa.

—Cuida. Tu. Puta. Boca —gruño colérico. Sabía que era cuestión de tiempo antes de que todos supieran que tenía a una mujer viviendo conmigo—. No te estoy insultando. Alguien sabía que el cargamento de droga llegaría hoy a mis almacenes. Intentaron robarlo; ya lo estaban esperando —digo entre dientes, queriendo golpear su estúpida cara por mencionarla.

—Mierda.

—Torturé al hombre que estaba a cargo del robo, pero no me dio ningún nombre. Deberías buscar entre los tuyos y ver si encuentras a la persona que quiere robarnos a ambos.

—De acuerdo.

Cuelgo la llamada antes de que pueda hacer una estupidez, como amenazarlo de muerte. Miro las cámaras de nuevo, encontrando a Vittoria todavía en la sala; parece haberse quedado dormida con la televisión encendida.

Tomo mi abrigo y me dirijo a casa. Ya había estado lo suficiente lejos de ella.

QUINCE
Vittoria

e muevo entre unos fuertes brazos, sintiéndome
cuidada y protegida. Inhalo el intenso aroma
varonil y no puedo evitar suspirar. Me encantaba
ese aroma, una mezcla de colonia masculina y «su» olor, que
había memorizado en las últimas semanas.

Abro los ojos y me encuentro de inmediato con la mirada de
Dante. Estaba en su regazo, y sus brazos me tenían presionada
contra su pecho, impregnando mi nariz con su aroma.

—Lo siento. No quería despertarte —susurra.

Niego con la cabeza. Miro a nuestro alrededor; aún estábamos
en la sala. Parece que me quedé dormida mientras veía televisión.

—¿Acabas de llegar? —Asiente—. ¿Lograste resolver todos
tus asuntos?

—Casi. No logré resolver uno.

—¡Oh! Espero que mañana puedas solucionarlo.

Niega con la cabeza. Acerca la mano a mi rostro, esta abar-
caba todo el largo de mi rostro. Era grande. El leve recuerdo de
tener uno de sus dedos dentro de mí calienta mi cuerpo.
Mierda. No era el mejor momento para eso. Había logrado

mantenerlos a raya, pero con él tan cerca de mí era casi imposible.

Su mano desciende hasta acariciar las marcas en mi cuello. Eran de un feo rojizo que tardaría un par de días en desaparecer. Vislumbro la ira en su mirada por unos segundos, pero luego es remplazada por el deseo.

—No. Quiero resolverlo ahora. —Frunzo el ceño sin comprender a qué se refiere—. Mi lista, pajarito. ¿Aún no la has hecho?

Niego.

—No la haré y eso es lo único que diré al respecto.

Asiente, acaricia mi mejilla y desciende hasta que sus dedos recorren mis labios, pero no se aleja como ayer; en cambio, los presiona, y por instinto, abro la boca. Su mirada no se aparta de la mía mientras lleva su dedo pulgar al interior de mi cavidad oral. Sin pensarlo demasiado, sabiendo que quizás mañana tendré que ponerme los pantalones de niña grande y afrontar las consecuencias, cierro los labios alrededor de su dedo y lo chupo. Lo rodeo con mi lengua y muerdo ligeramente la punta.

—Mierda —gruñe.

Saca el dedo de mi boca y no puedo evitar sonreír. Me enderezo y me acomodo de tal modo que quedo a horcajadas en su regazo. En cuanto bajo la pelvis, siento su dura erección contra mi coño. Sus manos van a mi cintura, anclándome en el lugar.

—Mi autocontrol pende de un hilo desde anoche. ¿Qué crees qué haces? —Había un salvajismo en su mirada, ligado a la lujuria, que respaldaba sus palabras. No era la primera vez que veía eso en sus ojos.

—Explorando. ¿O no se me permite explorar? —Sonrío, haciéndome la inocente. Su mirada se oscurece aún más, y jadeo cuando me presiona con fuerza contra su erección.

—¿Estás explorando hasta dónde puedes empujar mi cordura? Porque si es así, debo confesar que no te tomará mucho hacerme

91

perder la puta cabeza. —Poso la mirada en sus labios. ¿Iba a besarme? Recordaba sus palabras de la noche anterior, pero no había considerado si hablaba en serio hasta ahora que nos encontrábamos tan cerca del otro—. Te permitiré explorar todo lo que quieras, con una condición.

—¿Cuál?

—Acepta ser mi esposa.

Bien, me había esperado todo menos eso. Quería explorar en las aguas profundas del placer desde que sentí sus dedos acariciándome el coño. Y ahora, cuando era yo quien intentaba iniciar todo, ¿él salía con una propuesta de matrimonio? Aunque, ¿sería tan malo para mi plan si aceptaba? Creería que confiaba en él, y de hecho lo hago, pero pensaría que realmente quiero casarme. No sospecharía que estoy esperando el momento perfecto para escapar.

—Si acepto, quiero un secreto a cambio —susurro.

Asiente mientras acaricia la piel desnuda de mis piernas. El calor se acumula en mi centro al tenerlo acariciándome tan cerca de mi entrepierna.

—Todos los días iba el club para verte bailar. En cada uno de esos días, lo único que anhelaba era tomarte del escenario y llevarte conmigo. No hubo un solo día en el que no te deseara con todo mi ser, Vittoria. Me has tenido en la palma de tu mano desde que posaste esos hermosos ojos sobre mí.

Lo miro sin poder creer lo que estoy escuchando. Él y su maldita habilidad con las palabras enloquecía a mi corazón sin saberlo. Cuando decía ese tipo de cosas, era como una suave caricia a los muros que había construido alrededor de mi corazón, y estas intentaban seducirlo para que bajara la guardia y lo tomaran como suyo. ¿En serio pensaba todo eso? El ritmo acelerado de mi corazón decía que él sí le creía. Me había pasado lo mismo anoche, o tal vez había experimentado esta sensación la primera noche que pasamos juntos. Ya no lo sabía, y debía dejar de pensar en todo eso de inmediato.

Tenía un maldito plan.

—Acepto ser tu esposa, Dante. —Antes de que siquiera haya terminado de pronunciar las palabras, su boca está sobre la mía.

Sus labios eran suaves y cálidos; me presiono contra ellos, queriendo tener más de él. Gimo al sentir sus dientes en mi labio inferior, y ante el movimiento, introduce la lengua en mi boca y acaricia la mía. Era un baile sensual y lento. No era un beso duro y salvaje como pensé que sería. Llevo las manos a su nuca y presiono mi cuerpo contra el suyo. Sus manos ante el movimiento bajan de mi cintura a mi trasero y me mueven contra él.

Dios, esto era demasiado bueno.

Nos separamos por la necesidad de respirar, nuestras miradas se encuentran y solo me toma unos segundos darme cuenta de que ese beso no había sido suficiente para él, así como tampoco lo había sido para mí. Quería más. «Necesitaba» más.

Vuelvo a unir mis labios con los suyos, pero en esta ocasión el beso es más primitivo y rudo, reflejando la tensión que había existido entre nosotros desde que bailé para él. Y ahora que habíamos tenido una pequeña probada, lo queríamos todo.

—Dante. —Jadeo cuando aleja sus labios de los míos y los lleva a mi cuello. Lame, muerde y besa toda esa zona hasta que no soy más que una masa temblorosa en sus brazos—. Dante, por favor. —Gimo al sentir sus labios lamiendo y mordiendo el valle de mis senos. Su barba me hacía cosquillas y me excitaba al mismo tiempo. Todo en este hombre me excitaba.

—¿Por favor qué? Usa tus palabras, pajarito.

—Tócame. Quiero que me toques.

Aprieta mi trasero y sonríe en respuesta.

—¿Dónde?

Entrecierro los ojos al darme cuenta de lo que está haciendo, pero no se lo daría.

—Donde tú quieras —susurro antes de comenzar a besar su cuello—. Soy tuya, ¿no? Entonces tócame como si lo fuera.

Gruñe y me azota el trasero, lo que me sobresalta y excita. Estaba mal, muy mal.

—Eres mía, así que no te pases de lista conmigo, *cara*. —Muerde mi labio inferior con fuerza—. Brazos arriba. —Intento protestar ante su dura orden , pero vuelve a azotarme al notar mis intenciones. Hago lo que dice, y en un minuto estoy cubierta únicamente por unas bragas y un sujetador de encaje blanco. Había estado usando solo una de sus camisas para dormir. Era extraño, me había comprado todo tipo de ropa, menos la que debería usar a la hora de dormir.

—Mierda, pajarito. Vas a matarme —gruñe—. Ahora acuéstate boca arriba. —Me acomodo en el sofá, agradeciendo que sea lo bastante grande para los dos con nuestros cuerpos extendidos. Se acomoda sobre mí y toma mis labios; cierro las piernas alrededor de su cintura y los brazos alrededor de su cuello. Me estremezco cuando sus manos me aprietan los pechos por encima del sujetador. Todo se vuelve demasiado cuando baja las copas del sujetador y lleva su boca a uno de mis pechos.

—¡Dante! —Gimo al sentir su lengua rodeando mi duro pezón. Tira de él para luego besarlo. Se deleita con él, haciéndome perder toda vergüenza ante los sonidos que salían desesperadamente de mi boca—. ¡Oh, Dios! ¡Dante! —Su boca va al otro pezón mientras su mano le da atención a mi adolorido pecho. Sus manos eran ásperas y expertas. No le había tomado mucho tiempo descubrir cómo volverme loca.

—Sabes igual a como hueles. —Sonríe como un niño pequeño al que se le ha permitido comer dulces por primera vez —. Eres una puta delicia. Y voy a probarte todo lo que quiera. —Gimo en protesta cuando me aprieta los pechos y desciende entre besos y lamidas por mi estómago y abdomen hasta llegar a la liga de mis bragas.

¡Sí! Dios, necesitaba que me tocara ahí o entraría en combustión en cualquier momento.

—Por favor. «Por favor». —Lloriqueo, lo que me gana una lamida por encima de la tela. Gimo, deseando saber cómo se siente su lengua contra mis húmedos labios.

—Parece que la futura señora De Santis está necesitada. —Antes de que pueda rogar de nuevo, tira de las bragas hasta arrancarlas de mi cuerpo—. Y mi deber como tu futuro marido es saciar tus necesidades.

—¡Oh, Dios! —grito en cuanto sus labios muerden mi clítoris para luego darle largas lamidas. Levanto las caderas queriendo más fricción, pero él aleja las manos de mis pechos y me toma de los muslos para mantenerme inmóvil contra su boca. Llevo las manos a su cabeza y lo uso como palanca para mover la pelvis.

—Ahí. ¡Sí, sí, sí! Dios, se siente tan bien. —Lleva una de sus manos a mi entrepierna y acaricia mi entrada con dos de sus dedos.

—Estás malditamente apretada. —gruñe. Se alza sobre mí y presiona su otra mano sobre mi pelvis. Sin apartar su mirada de la mía, me penetra con los dedos, haciendo que mis ojos se desorbiten—. Tu coño está chupándome los dedos. ¿Así me apretarás la polla? —gimo cuando comienza a moverlos, acariciándome deliciosamente las paredes. Sentía que estaba al límite—. Buena chica. Ahora quiero que te vengas para mí. —Baja la cabeza hasta mi clítoris y lo chupa, haciendo que mis piernas tiemblen—. Vamos, *cara mia*, dame lo que me pertenece.

—¡Oh, Dios! ¡Dante! —Solo le toma dos mordidas a mi clítoris para hacerme correr en su cara con fuerza. En algún punto creo que le digo lo mucho que me encanta su lengua y que siempre lo quiero haciendo eso con mi clítoris, pero no podía estar del todo segura, ya que ese orgasmo me había destrozado.

—Eres el espectáculo más hermoso cuando te corres —dice mientras besa mis labios, lo que me saca una sonrisa soñolienta—.

95

Creo que ya has explorado suficiente por hoy. Es hora de llevarte a la cama.

No protesto cuando me toma en brazos y me lleva a la habitación. Me aferro como un koala a su cuello cuando me deja en la cama. No... no quería que se fuera, maldita sea.

—Me daré una ducha y volveré en cinco minutos. Lo prometo.

Reticente, lo dejo ir y creo que me quedo dormida, porque tiempo después lo siento acomodándose contra mi espalda. Me envuelve entre sus brazos y besa mi cuello.

—Buenas noches, pajarito.

DIECISÉIS

Dante

Los rayos del sol entraban a raudales por las puertas del balcón. Podía ver con claridad el rostro de Vittoria mientras dormía. Su cabello marrón oscuro se extendía sobre la almohada como un halo, y sus pestañas creaban sombras en sus mejillas. Deslizo un dedo por la curvatura de su rostro, trazando sus cejas, nariz y labios. Sin pensarlo, dejo un beso en sus suaves labios, disfrutando de lo natural que esto se siente. Ahora podría tener más mañanas como estas, ya que había aceptado ser mi esposa.

Había esperado este momento desde que entendí que lo que sentía por ella iba más allá de una obsesión. Mi vida había sido gris y vacía antes de encontrarla, pero una vez que entró en ella, todo se volvió más vivo, real e único. Cada día tenía un nuevo significado cuando se trataba de Vittoria.

Y ahora quería hacer sus días tan únicos y especiales como ella había vuelto los míos.

La atraigo hacia mí, con cuidado de no despertarla, y la acomodo sobre mi pecho. Me gustaba tenerla cerca; era un recordatorio de que nadie podía lastimarla.

Acaricio su cabello con la mirada fija en el balcón, pensando en cómo las cosas estaban a punto de cambiar para nosotros. Pero también estaba nervioso por cómo sería su comportamiento cuando abriera los ojos. No sabía si había aceptado mi propuesta por el calor del momento, y esperaba que no fuera así; quería que ella se sintiera igual de consumida por estos sentimientos, que con cada vez eran más grandes y difíciles de controlar.

Se remueve, atrayendo mi atención, apoya la barbilla sobre mi esternón y me mira fijamente.

—Buenos días —dice. Había algo de timidez en su mirada, como si no supiera qué hacer. Era la primera vez que nos encontrábamos en esta situación.

—Buenos días, pajarito. ¿Dormiste bien? —Asiente sin dejar de mirarme. Parecía como si estuviera buscando algo en mi expresión—. ¿Sucede algo?

Niega con la cabeza. Acaricia el vello de mi pecho, pareciendo genuinamente interesada en él.

—No sé cómo comportarme. Tampoco sé qué cosas puedo hacer y cuáles no. —Suspira, sin dirigirme la mirada todavía—. Nunca he tenido una relación, Dante.

—Hey, *cara*. Mírame. —Sus ojos se encuentran de inmediato con los míos—. El hecho de que seas mi prometida no significa que espero un comportamiento específico de ti. Sigue siendo tú misma, pajarito. Y en cuanto a lo que puedes hacer y lo que no... —Sonrío. Sin levantarla de mi pecho, me estiro y abro el primer cajón de la mesa de noche. Saco una caja de terciopelo blanco y la pongo frente a ella—. Puedes hacer lo que quieras. Si quieres ver arder el mundo, será para mí un placer ser quien lo queme por ti. Soy tuyo, Vittoria, para que hagas lo que desees.

Las lágrimas hacen brillar el verde de sus ojos, y me siento como la peor escoria de la Tierra por hacerla llorar.

—Lo siento. No quería hacerte llorar. —Limpio las lágrimas de su rostro con delicadeza—. Si necesitas más tiempo para pensarlo, lo entiendo. Lo siento si te presioné demasiado. —Las palabras me sabían a tierra, porque lo que menos quería era que se alejara de mí y que volviéramos a lo que éramos los primeros días. No quería hacerle daño ni que se sintiera forzada a aceptar solo porque lo consideraba un destino inevitable. Podía hacerme esperar toda la vida si así lo deseaba.

—No, no, no estoy llorando por eso. —Se cubre las mejillas con las manos, tratando de ocultar su sonrojo por haber estado llorando, lo que la hace parecer demasiado tierna—. Es solo que nunca creí que me casaría. Siempre fue mi sueño, ¿sabes? Tener una gran familia y una hermosa casa con un jardín trasero para que los niños pudieran jugar con el perro. Quería todo eso, pero con el tiempo ese sueño se fue alejando cada vez más. Después de todo, ¿quién querría casarse con una mujer que usaba su cuerpo para poder ganarse la vida?

Más lágrimas corren por sus mejillas, y sin saber qué más hacer, la abrazo contra mi pecho. Sabía la historia de cómo había terminado en el club de Abele; por mucho tiempo quise buscar a su padre y matarlo con un disparo a quemarropa, pero me contuve porque no sabía cómo se sentía ella respecto a él. Ahora que la tenía llorando entre mis brazos por su culpa, solo quería buscarlo; no merecía vivir en el mismo mundo que mi pajarito.

Sería el nuevo objetivo de mi lista.

—Eres la mujer más extraordinaria y fuerte que he conocido, Vittoria. Hiciste lo necesario para sobrevivir. Eres tan digna de todos esos sueños como cualquier otra persona. Y te prometo que no descansaré hasta hacer cada uno de esos sueños realidad. —Beso sus labios, sintiendo la sal de sus lágrimas entre cada beso—. Podemos comprar un perro ahora mismo si eso borra esa mirada triste y me da esa hermosa sonrisa que tanto me gusta ver en tu rostro.

Ríe entre lágrimas, lo que enloquece mi corazón. Se veía hermosa y auténtica. Vittoria era eso que siempre había faltado a mi vida. No imaginaba un día sin ella a mi lado. Todos esos sentimientos que había alejado durante años de mí ahora quería sentirlos, porque significaba que ella estaba aquí para provocarlos. Observo su sonrisa y mejillas sonrojadas, sintiéndome malditamente afortunado, porque lo era.

Y, mierda, estaría loco si no aceptaba que me había enamorado de esta mujer con cada hueso de mi cuerpo. Había caído a su merced y, tal como dijo Pasquele, podía hacerme pedazos y armarme a su gusto.

Vuelvo a besarla, sintiéndome sobrecargado de amor, deseo y una necesidad profunda de protegerla. Cada emoción parecía desbordarse, llevándome a un límite que nunca antes había experimentado. Acomoda las piernas al lado de las mías, quedando a horcajadas sobre mi pelvis. Gimo cuando se mece sobre mi erección. Dios, Vittoria sería mi muerte. La tomo de las caderas y la inmovilizo.

—Antes de que continúes torturándome. —Tomo la caja de terciopelo, que había caído sobre la cama y la abro, dejando a la vista el anillo de compromiso. Era una esmeralda del mismo color de sus ojos, en forma de gota, y estaba rodeada por pequeños diamantes. La argolla era de oro puro. En cuanto lo vi, solo pude pensar en lo perfecto que se le veía—. ¿Te gusta? —Hasta ahora no había temido su reacción al ver el anillo, pero ahora me preocupaba que no le gustara.

—Es... es hermoso. —Lo saco de la caja y lo deslizo por su dedo anular. No puedo evitar sonreír; le quedaba perfecto—. ¿Es real? —pregunta, mirando el anillo. Asiento. Solo lo mejor para mi mujer—. Ni siquiera quiero saber cuánto te costó. ¿Podré salir con esto a la calle sin preocuparme de que quieran arrancarme el dedo?

Río al escucharla, la tomo del torso y en un segundo me encuentro con ella debajo de mí.

—Nadie nunca se atrevería a intentar robarte. —Beso sus

labios, nariz, párpados. Salpico besos por todo su rostro sin dejar un espacio por adorar—. Mi hermosa prometida —susurro, sin poder creer que lo sea. La felicidad era demasiada como para controlarme. Estaba jodidamente feliz.

Nos besamos por lo que parecen ser horas en la cama. Hablamos de cosas sin sentido, reímos y dormitamos sin alejar las manos del otro en ningún momento. Y si mi hermosa hermana no nos hubiera interrumpido, quizás habríamos pasado todo el día en la cama. Me levanto a regañadientes cuando Eloísa se lleva a Vittoria para ir de compras, pero antes de que se fueran, le doy a mi prometida su nuevo teléfono. Había pasado a comprarlo ayer en la tarde, pero con todo lo que sucedió cuando llegué a casa, se me olvidó por completo dárselo.

¿Había comprado el anillo de compromiso el primer día que llegó aquí en lugar de un teléfono? Sí, como pueden ver, tenía mis prioridades. Y hacerla mi esposa era una de ellas. No porque anhelara un hijo suyo, sino porque la idea de pasar el resto de mi vida sin Vittoria a mi lado, sencillamente, no era una vida.

Vittoria

Estaba muy jodida.

El plan se desvió al abrir los ojos y encontrarme con su mirada. Era lo más natural y cómodo que había hecho en mi vida. Luego le hablé sobre el miedo que sentía por haber aceptado su propuesta y, después, le conté mi mayor sueño y anhelo.

¿Y qué hizo él? Me hizo sentir como la mujer más afortunada, querida y comprendida del mundo. La forma en la que me miró, sus palabras y el anillo fueron los últimos clavos en el ataúd de mi plan. ¿Desde cuándo mi corazón había estado tan metido en toda esta situación? Apenas nos conocíamos y solo llevaba un mes viviendo con él, pero cada uno de esos días me sentí más viva que nunca. Sea como fuera, él lograba que me sintiera así. No fría y vacía como me sentí a lo largo de los años.

—¿Vi? ¿Estás bien? —Me sobresalto al escuchar la voz de Eloísa a mi lado. Hemos entrado a una de las tiendas del centro comercial para ver diferentes tipos de tela para los manteles de la gala. Pensaba que este tipo de cosas las haría una organizadora de eventos, pero me alegra saber que no es así. Se sentía bien hacer algo que ayudará a personas que lo necesitan.

—Lo siento. —Le dedico una pequeña sonrisa y acaricio una de las telas que tenemos frente a nosotras—. He estado un poco distraída.

—Un poco, sí. ¿Sucede algo? ¿Tiene que ver con el compromiso? —Sus ojos se fijan en el anillo que llevo en el dedo. Había gritado de felicidad cuando lo vio, lloró mientras me abrazaba y me daba las gracias por haber aceptado a su hermano, a quien, a pesar de que en ocasiones podía ser un poco necio y terco, nunca había visto tan feliz y relajado como cuando estaba conmigo. Y me dijo que, sobre todo, le alegraba tener una hermana. Para cuando terminó de hablar, yo también estaba llorando.

Fui hija única, nunca supe lo que era tener una hermana o hermano, pero el corto tiempo que he compartido con Eloísa me hace saber que seremos muy cercanas en el futuro. Veo un futuro aquí con ellos.

—Eloísa... —comienzo sin saber si debería contarle sobre el tiempo en el que pensé escapar—. Si te cuento un secreto, ¿prometes no decírselo a tu hermano? —La intriga baila en su mirada. A pesar de que ella y Dante parecían tener roces en ocasiones, sé que son muy unidos y no tengo dudas sobre dónde se encuentra la lealtad de Eloísa.

—Te lo prometo. —contesta y toma mis manos entre las suyas—. Sé que no llegaste a la puerta de mi hermano como un regalo divino ni que se conocieron en una cafetería y se enamoraron. Sé que lo que ha hecho fue para protegerte, incluso de él mismo. Y también sé que no comenzaron de la mejor manera; tal vez, si él te hubiera dado la oportunidad de conocerlo primero, no te habrías molestado con él. Y es por eso mismo que cuentas con mi apoyo, después de todo, nunca te dio una opción. Estás aquí porque así lo quiso.

No había visto venir sus palabras; creía que ella estuvo de acuerdo desde un principio con lo que su hermano hizo. Y aunque no comenzamos de la mejor manera, mi vida cambió para bien desde que estoy con él. No tengo que irme a dormir temiendo el día en que Abele decidiera venderme a un hombre que no dudaría en violarme en cuanto me tuviera a solas. Podía descansar sin preocuparme por cómo sobreviviré un día más en ese club, por cómo soportaría ser tocada sin mi consentimiento y tener que sonreír para que ninguno de los clientes de Abele se sintiera ofendido. Puedo dormir sin temerle a mi futuro, porque ahora yo decido qué hacer con él, sin importar las acciones de Dante.

—Así que lo que sea que quieras contarme, puedes hacerlo. Y haré todo lo posible para ayudarte.

Asiento, ahora estaba más segura de mis sentimientos y lo que quería decirle.

—Creo que me estoy enamorando de Dante. —Las palabras me golpean con fuerza al decirlas en voz alta, porque ahora no había manera de evadir esa realidad. Mi realidad.

Una sonrisa se extiende por el rostro de Eloísa.

—No sabes lo que me alegra oírte decir eso. Temí por un momento que hubieras aceptado casarte con mi hermano porque lo veías como algo que sucedería tarde o temprano, y no porque realmente lo querías.

—Yo... —Carraspeo mientras nos deslizamos por otros pasillos, pero sin ver nada en realidad—. Al principio estaba muy molesta de estar aquí. Molesta porque me había quitado la poca libertad que tenía. Creí que solo había pasado de una jaula a otra, solo que en esta ocasión era una de oro. —Asiente, mientras continúa escuchando—. Así que cuando me di cuenta de que, aunque escapara, no tenía nada con lo que sobrevivir, armé un plan. Era sencillo: me ganaría la confianza de tu hermano para obtener acceso a su dinero, le haría creer que podía confiar en mí para que me dejara ir y venir a mi gusto, y cuando se sintiera seguro de que no me iría, escaparía.

»Pero entonces, Dante comenzó a ser atento, me daba mi espacio y me protegía como nunca nadie lo había hecho. Dios, ni siquiera sé a cuántos hombres ha matado por mí. ¿Y lo peor? Ni siquiera me molesta un poco que lo haya hecho, porque lo hizo para protegerme de todos ellos. —Río, sintiendo las lágrimas quemando mis ojos—. Creo que todo comenzó a cambiar el día que fue a recuperar las armas. Estaba tan asustada, Eloísa. Se veía tan vulnerable tendido en la cama que por unos momentos creí que iba a perderlo y que yo no podría hacer nada para protegerlo de ese destino, así como él me protegió del mío. —Respiro, sintiendo que mi cuerpo comienza a hormiguear. Estaba llena de emociones ahora—. Hace dos noches me dijo que no era de los que daban besos, pero anoche me besó como si yo fuera su oxígeno. Y esta mañana... —Suspiro al recordar sus palabras—. Me hizo sentir como nunca antes. Sentí por primera vez que pertenecía a un lugar. A su lado.

Miro a Eloísa, que me observaba con la mirada brillante, parecía que ambas estábamos a punto de llorar. Me envuelve entre sus brazos y me estrecha con fuerza.

—No te estás enamorando de él, ya lo estás. —Ríe. Se aleja de mí y acomoda un mechón de cabello por detrás de mi oreja—. Cariño, tu rostro se iluminó en cuanto comenzaste a hablar de Dante. Y estás ligeramente sonrojada. Lo quieres a pesar de todo. Tu corazón encontró la manera de entender el suyo. ¿Y te cuento un secreto? —Se inclina quedando a la altura de mi oído—. No eres la única que se ha enamorado. Él también lo está. Solo será cuestión de tiempo para que te lo diga.

Una estúpida sonrisa se desliza por mi rostro al pensar en él pronunciando un te amo. Mi pobre corazón a este paso sería completamente suyo, si es que ya no lo era.

El teléfono que Dante me había dado esta mañana vibra en el bolsillo trasero de mis pantalones. Lo saco, encontrando un mensaje suyo.

Río entre dientes al ver cómo se ha agregado a sí mismo.

«Sexi prometido: ¿Cómo va todo por allá? Renato me dijo que han estado dando vueltas en círculo en una misma tienda».

Miro por encima de mi hombro, encontrando a Renato en la entrada del lugar, pero su mirada no estaba puesta en mí, sino en Eloísa, que hablaba con una de las dependientas sobre una tela que le había gustado.

«Yo: Todo bien. Solo queríamos revisar bien la tienda antes de pasar a la siguiente».

No podía decirle que había tenido una charla profunda con su hermana sobre mis sentimientos por él.

«Sexi prometido: Recuerda escribirme cada hora o estaré allá en menos de quince minutos».

Niego sin dejar de sonreír.

«Yo: Tengo a dos guardaespaldas conmigo. No va a pasarme nada».

«Sexi prometido: Nunca soy lo suficientemente cuidadoso cuando se trata de ti, pajarito. Llagaré tarde hoy, ¿pero te gustaría cenar conmigo mañana?».

Un cosquilleo recorre mi cuerpo y mi corazón se acelera.

«Yo: ¿Es una cita?».

«Sexi prometido: Lo es».

«Yo: Acepto».

Casi podía ver la sonrisa en su rostro, como cada vez que accedía a algo.

«Sexi prometido: Te veo más tarde, pajarito. Pórtate bien y, por favor, gasta mucho dinero. Me gusta la idea de que lo gastes tú».

Era una petición algo extraña, pero no me quejaría. Le daría la gala más hermosa en la que haya estado.

DIECISIETE

Vittoria

Ayer y gran parte del día de hoy estuve de compras con Eloísa, y me enorgullecía decir que habíamos puesto en marcha oficialmente la organización de la gala. Algunas de las cosas que encargamos llegarían en un par de días, así que podríamos comenzar a armar todo a finales del mes. La gala sería dos semanas después del inicio de agosto; el día de mi cumpleaños. No era una fecha que celebrara, ya que nunca lo hice, así que no se lo dije a Dante.

Desperté entre los brazos de Dante a pesar de que no lo había escuchado llegar anoche. Como disculpa, se propuso comerme el coño dos veces y dejarme viendo estrellas. No me había molestado con él por llegar tarde, pero debía decir que me gustaba su forma de disculparse.

El día transcurrió en cámara lenta, y con cada hora que pasaba me acercaba más a la noche y a Dante. No habíamos tenido muchas oportunidades para vernos durante el día, pero eso no impidió que nos escribiéramos constantemente. En su último mensaje me recordaba nuestra cita y me avisaba que me esperaba a las ocho en la entrada de la mansión.

Tuve que acudir en un momento de crisis a Eloísa, ya que no sabía qué ponerme. Terminamos escogiendo un vestido amarillo satinado que tenía un gran escote en la espalda. Era sencillamente hermoso.

En cuanto me lo pongo, agradezco que mis pechos sean pequeños, ya que con un vestido como este era imposible usar sujetador. Se amoldaba a la perfección a mi cuerpo. Me giro, y al ver mi espalda descubierta, no puedo evitar sonreír. A Dante le daría un infarto. Hice un sencillo recogido en mi cabello y dejé el maquillaje superficial. Quiero que el vestido se lleve la atención.

Salgo de la habitación sintiendo cómo los nervios hacen presencia. Iba a tener mi primera cita.

Cuando llego a las escaleras de la entrada de la mansión, mi corazón se detiene por unos segundos al verlo al pie de las escaleras luciendo un hermoso traje negro a medida. Se lleva la mano al pecho mientras me recorre con la mirada, y cuando llega a mi rostro, hay un brillo peculiar en sus ojos.

—Estás preciosa —susurra—. La mujer más hermosa en la que mis ojos han tenido la dicha de posarse. —Río al escucharlo.

Nunca creí que detrás de esa mirada fría y dura se encontrara un hombre tan dulce y cariñoso.

—Eloísa te matará si dices eso en su presencia.

—Logrará sobrevivir —dice. Cuando pone su mano en mi espalda, baja para guiarme al coche, sus pasos se detienen. Entrecierra los ojos en mi dirección; sube con delicadeza la mano por mi espalda, descubriendo lo escotado que es el vestido—. Sugiero que no hagas movimientos bruscos esta noche. No queremos que alguien vea algo que no debería, ¿cierto? Sabes muy bien que no me tiembla la mano a la hora de matar por ti. —Trago con fuerza, sintiendo de nuevo ese oscuro deseo que me provocaba saber que él mataría por mí sin pensarlo dos veces—. Vamos. Llegaremos tarde.

—————◇∘◇∘◇—————

El recorrido al restaurante es cómodo y agradable. Me cuenta sobre su día en el trabajo; había estado supervisando los clubes para asegurarse de que el servicio seguía siendo merecedor de cinco estrellas, y me sugiere que podríamos ir a uno de ellos un día de estos. Por mi parte, le cuento cómo van los preparativos para la gala y le hago saber que ya he elegido la temática. Cuando me pregunta sobre cuál será, me niego, diciéndole que es una sorpresa. Quería sorprenderlo.

El restaurante al que me lleva es elegante, y de inmediato me alegro por el vestido que tengo puesto. Un temor que había tenido desde el momento en que me subí al coche era que se notara que yo no era de este mundo. Si Dante se percató de mi nerviosismo, no dijo nada, lo cual agradecía.

Una camarera se acerca a nosotros con una sonrisa cortés cuando entramos al restaurante.

—Señor De Santis, bienvenido. Señorita Armas, bienvenida. Su mesa está por aquí. —Me giro para mirar a Dante con una pregunta a punto de salir de mi boca, pero deja caer un beso en mi sien y me guía en la dirección en la que la mujer se fue—. Por favor, háganme saber cuándo estén listos para ordenar —dice la joven cuando estamos sentados uno frente al otro en la mesa.

—Al hacer la reservación, solicitan el nombre de las personas que vendrán a cenar —responde Dante a mi pregunta no formulada cuando la mujer se va—. Pero también saben que eres mi prometida.

—Algo me dice que te encargarás de que todos lo sepan.

Una arrogante sonrisa se dibuja en sus labios.

—No dudes nunca de ello. —Toma el menú y comienza a leerlo—. ¿Qué te gustaría comer? —pregunta.

—Mmm... —Leo detenidamente cada uno de los platillos que

ofrecen. Había muchas cosas que nunca había probado, y si le hacía caso a mi curiosidad, podía terminar comiendo algo que no me gustara—. Me gustaría el espagueti con camarones.

—Buena elección. —Sonríe. Le hace señas a la camarera—. Para mí, un *tagliatelle alla ragù bolognese* y para ella el espagueti con camarones. Una botella del vino tinto *Castillo Ygay*, por favor.

—Por supuesto, señor.

—Tengo una pregunta —digo al cabo de unos minutos de estar solos.

—Te escucho.

—Un pajarito mencionó que hiciste cosas para protegerme que no incluían matar a nadie. ¿A qué se refería? —Toma mi mano con delicadeza y me roza los nudillos con el dedo pulgar en una lenta caricia.

—¿De casualidad comparto apellido con ese pajarito? —Niego, manteniendo mi expresión seria, aunque era claro que estaba mintiendo—. A lo que se refería tu pajarito es a los acuerdos a los que llegué con Abele.

Frunzo el ceño con la intriga bullendo en mi interior.

—¿Qué acuerdos?

Chasquea la lengua.

—Un secreto por un secreto, ¿recuerdas? —Gruño para mis adentros, recordando nuestro acuerdo de hace semanas y que le debía un secreto luego de nuestra noche en el sofá de hace dos días —. Pero como me siento generoso, te diré uno más a cambio de nada. —Sonrío al escucharlo—. El día que nos conocimos —dice, aunque aquello no había sido exactamente una presentación formal, pero ambos fuimos conscientes de la existencia del otro—, le pregunté a Abele por ti cuando regresó de haberte dejado en el sótano. —Los recuerdos de ese lugar me hacen estremecer. Aprieta mi mano para reconfortarme—. Me contó tu historia y lo mucho que esperaba sacar de ti. Todavía no sé qué me impulsó en ese momento, pero lo único que sentí fue ira por cómo hablaba de ti. Le dije que escogiera una cifra, y que esa sería la que pagaría mensualmente para asegurarme de que serías bien tratada y de que nadie podía pagarte para un baile privado.

Mis ojos casi se salen de su órbita al escucharlo. ¿Por eso Abele nunca se desquitó conmigo como lo hacía con las otras chicas? ¿Por eso, en vez de dormir en el sótano, tenía mi propia habitación? Dios santo. Dante me había estado cuidando más de lo que imaginaba.

—Cuando llegó tu primera subasta, le dije a Abele que pagaría lo que fuera para que no tuvieras que asistir, pero dijo que ya había varias ofertas por ti y que no podía arriesgarse a que yo pagara menos de lo que podría ganar. —Cierra los ojos con fuerza antes de llevarse mi mano a los labios y depositar un suave beso en ella—. Perdóname por no haberte protegido de esa experiencia, pajarito.

—Dante, está bien —respondo con delicadeza. No había sido de lo peor; solo tuve que quedarme de pie en el escenario como un trofeo y esperar a que ofertaran por mí. Incluso se me permitió llevar más ropa de la que normalmente usaba.

—Fui a la subasta. Vi pasar a cada una de esas chicas hasta que por fin llegó tu turno. Casi mato a Abele cuando lo vi más tarde esa noche por haberte obligado a participar. Participé como un comprador anónimo en la subasta; no quería que supieras que tenía un interés en ti.

—¿Entonces ya me habías comprado antes? —pregunto sorprendida.

—Sí, pero no te llevé conmigo en ese momento; estaba teniendo problemas con otras organizaciones y no quería traerte en medio de una guerra. Le dije a Abele que, si en alguna oportunidad dijeras que querías irte, te contara que alguien había pagado por tu libertad y te dejara ir. Yo me encargaría de encontrarte. ¿Lo hiciste? ¿Alguna vez le dijiste que querías irte?

Niego.

—No era una posibilidad para mí. Había sido vendida a Abele, así que no podía ir y venir como alguna de las chicas. Siempre supe que sería prisionera hasta que alguien me comprara; solo ahí tendría una oportunidad para escapar.

—¿Aún te sientes como prisionera?

—Dejé de sentirme así hace mucho tiempo. —Una hermosa sonrisa se extiende por su rostro, lo que enternece mi corazón—. Gracias por contarme.

—Siempre lo que quieras. —La señorita se acerca con nuestros pedidos y deja todo en la mesa con cuidado. El olor a camarones inunda mi nariz, haciéndome sentir hambrienta. Le damos las gracias a la camarera antes de que se retire y comenzamos a comer. Un pequeño gemido se escapa de mis labios al probar los camarones—. ¿Te gusta? —pregunta Dante con una sonrisa satisfecha en el rostro.

Asiento.

—Está increíble.

—Sabía que la comida de este lugar te encantaría —dice, orgulloso.

Comemos mientras mantenemos la conversación en temas triviales. Para cuando terminamos, estoy demasiado llena, pero Dante me convence de pedir tarta de chocolate como postre. Bien, no le tomó mucho convencerme, pero no era el caso. Mi paladar se deleita con cada trozo de tarta mientras Dante observa muy detenidamente cada una de mis expresiones. Tal vez estaba exagerando solo para provocarlo. La botella de vino se había acabado hace un buen tiempo, por lo que me sentía algo achispada y más valiente de lo normal.

—Pasaremos por un lugar antes de ir a casa —dice cuando nos subimos al coche. Era un deportivo; no sabría decir qué marca.

—¿Por dónde? —Me da una sonrisa ladina antes de acelerar a fondo.

—Es una sorpresa, pajarito. Pero ahora, abre las piernas, es hora de enseñarte una lección por haberme provocado durante toda la cena.

¡Oh, mierda!

DIECIOCHO
Dante

E scucho el sonido de su respiración entrecortada mientras deslizo mi mano entre sus piernas abiertas. No podía verla, ya que si apartaba la mirada del camino, podríamos tener un accidente, así que no me arriesgaría a que saliera herida, pero podía imaginarme la expresión en su rostro. Sería la misma que tuvo cuando puse mis dedos en su coño por primera vez. Ya hacía un mes de eso.

Un gruñido vibra en mi pecho al sentir el calor de su entrepierna filtrarse a través de la delgada tela de sus bragas.

—Siempre lista para mí, ¿eh? —Deja escapar un pequeño gemido que me tiene al borde de inmediato—. Tú y esos hermosos soniditos van a matarme antes de que cualquiera de mis enemigos lo consiga. —Retiro la tela de sus bragas y deslizo los dedos por toda la abertura, untándola y disfrutando del leve temblor en sus muslos. Su mano se cierra alrededor de mi mano entre sus piernas e intenta llevar mis dedos a su interior. Chasqueo la lengua—. Nada de eso, pajarito. Es tu castigo, ¿recuerdas?

—¡Dante!

Ronroneo al escucharla.

—Gritando así solo lograrás que tu castigo se extienda. Me gusta la idea de verte llorando por un orgasmo. —Siento cómo arquea la espalda cuando acaricio su hinchado y sensible clítoris. Los músculos de su pelvis se contraen, y solo la imagen de mi miembro dentro de su coño mientras hace eso casi me hace orillar el coche para tomarla. Pero ella se merecía mucho más que eso—. Tan necesitada está mi hermosa prometida —susurro. Llevo los dedos a su abertura y sus músculos se contraen.

—Dante, por favor. ¡Ah! —Aprieto los dedos sobre el volante hasta que mis nudillos se vuelven blancos cuando sus paredes se cierran con fuerza alrededor de mi dedo. Arqueo el dedo, acariciando ese punto que había aprendido que la volvía loca—. Sí. Justo Ahí. ¡Oh, Dios!

Sonrío ante sus palabras. Había perdido toda timidez al decirme lo que exactamente le gustaba. Quería que siempre me dijera si estaba de acuerdo con algo o no. Ella tenía todo el poder aquí.

Acelero los movimientos de mi dedo y luego llevo otro a su interior. Estaba tan mojada que el sonido de mis dedos entrando y saliendo de su coño resonaban por todo el vehículo. Podía sentir cómo con cada movimiento estaba más cerca del orgasmo. Acelero el coche; estábamos a solo un par de minutos de nuestro destino.

—Estoy tan cerca. —Gime, enterrando sus uñas en mi brazo. La acaricio hasta dejarla en el pináculo de su placer y luego me detengo. Alejo mis manos de su cuerpo y me estaciono—. ¡Qué! ¡Dante! —Río con fuerza ante su expresión indignada. Tenía las mejillas sonrojadas, los ojos brillantes y su recogido tenía algunos mechones sueltos.

Sin apartar la mirada de la suya, limpio sus fluidos de mis dedos con la lengua. Su mirada se calienta de inmediato y solo quiero que lleguemos a casa para poder enterrar el rostro entre sus piernas.

—Eres hermosa —susurro tomando su rostro entre mis

manos; lo acaricio con suavidad, maravillado con la forma en que su cuerpo se relaja bajo mi tacto. Rozo sus labios con los míos, pero no la beso. Si lo hacía, solo querría besarla hasta mi último aliento. Vittoria era mi droga personal—. Vamos, tu sorpresa te está esperando.

Salgo del vehículo, lo rodeo y le abro la puerta. Tomo su mano y la ayudo a salir. Antes de que pueda ver dónde estamos, me pongo a su espalda y cubro sus ojos con mis manos.

—Eh, ¿Dante? ¿Qué haces?

—¿Confías en mí? —Contengo el aliento esperando su respuesta. Sabía que no tenía muchas razones para hacerlo, pero algo dentro de mí quería que desesperadamente lo hiciera.

—Lo hago.

Dejo escapar un suspiro. Ella confiaba en mí.

—Entonces sigue mis indicaciones. —Damos un par de pasos hacia al frente. Ante nosotros estaba una tienda, que, aunque debería estar cerrada, había ordenado que la mantuvieran abierta —. Hay tres escalones frente a ti. Súbelos con cuidado. —Hace lo que le digo. El sonido de una campana nos envuelve cuando un hombre, mucho más joven que yo, nos abre la puerta. Su mirada recorre jodidamente a mi mujer y luego se posan en mí. Debe ver la amenaza en mi mirada porque retrocede.

Sí, jodidamente retrocede antes de que ponga una bala en tu cabeza.

—Bienvenido, señor De Santis. Todo está organizado de acuerdo con lo que ha solicitado.

—Dante, ¿dónde estamos?

—Dame un segundo, pajarito. —Miro al muchacho frente a mí, que hacía todo lo posible para no mirar a mi mujer—. Quédate aquí. Te llamaré si necesitamos algo. —Guío a Vittoria hasta la parte trasera de la tienda—. ¿Lista? —Asiente, así que alejo las manos de su rostro y abro la puerta frente a ella—. Sorpresa, pajarito.

Los ladridos suenan a nuestro alrededor cuando da un paso hacia el interior de la habitación. Había sido todo un milagro que los perros no comenzaran a ladrar en cuanto entramos a la tienda. Sigo sus pasos mientras no dejo de estar atento a su reacción. No habían sido solo palabras cuando le dije que haría cualquier cosa por hacer realidad sus sueños.

En un principio iba a comprar un perro cualquiera, pero luego recordé de que nunca me dijo qué raza quería tener, así que la traje a un refugio. Muchos de esos perros habían sido abandonados y esperaban ser adoptados, y así como yo tuve mi segunda oportunidad luego de ser secuestrado y rescatado al borde de la muerte, ellos también se la merecían.

—¿Qué te parece? —pregunto por encima de los ladridos. No había dicho ni una sola palabra. Seguía observándome en silencio con la mirada brillosa por las lágrimas—. ¿Esas son lágrimas de felicidad? —susurro acercándome a ella. No me gustaba verla llorar a menos que fueran lágrimas de felicidad o de placer.

—Sí. Esto... esto es maravilloso, Dante. —Me rodea con los brazos y la aprieta contra mi cuerpo. Cada vez que la tenía sentía la inherente sensación de querer fundirla en mi cuerpo. Así siempre estaría a salvo. Nadie podría alejarla nunca de mí. Siempre estaríamos juntos—. ¿Puedo elegir al que quiera? —pregunta sin dejar de abrazarme con fuerza. Los perros habían dejado de ladrar en algún momento.

—Por supuesto, pajarito. —Suelta un chillido y se aleja de mis brazos para acercarse a los perros. Reprimo la necesidad de tirar de ella y mantenerla cerca de mí; este momento se trataba de ella, no de lo que yo quería, así que tendría que esperar a que estuviéramos en la cama para abrazarla contra mi pecho mientras dormía.

Saluda a los perros y acaricia los hocicos de algunos mientras habla con ellos como si pudieran entenderla. Era la primera vez que la veía tan feliz y relajada. Había una inocencia rodeándola que la hacía parecer más joven de lo que era. Me sentía atraído por su sonrisa; era como una polilla volando directo a la luz, y ni siquiera me importaba la idea de quemarme en el proceso. Ya había aceptado que dejaría que hiciera lo que quisiera conmigo. Si deseaba hacer pedazos mi frío y oscuro corazón, entonces que así sea, permitiría que hiciera cualquier cosa con tal de mantener esa hermosa sonrisa en su rostro.

—¡Oh, Dante! ¡Mira! —El sonido de su voz me saca de los pensamientos que giran en torno a ella. Me acerco al otro lado del pasillo y me detengo frente a la jaula donde se encontraban dos perros. Uno de un color marrón oscuro, con mucho pelaje y de un tamaño mediano. El otro parecía una mezcla de un *rottweiler* con otra raza, pero no sabría decir con certeza de qué tipo. Este era más grande que el primero y se encontraba unos pasos por delante en una posición protectora. No gruñía ni ladraba, solo esperaba, observando a Vittoria, quien no dejaba de sonreírle—. Son hermosos, ¿no lo crees?

—Lo son, *cara*. —Extiende la mano en dirección al más grande y me tenso, alerta ante cualquier reacción del perro que indique que quiere hacerle daño.

—Hola, bonito. Ven, acércate. Prometo no hacerte daño —susurra, el perro da un paso y luego otro, hasta que su hocico se encuentra lo bastante cerca para olfatear su mano—. Eso. Qué buen chico eres. —Acaricia su cabeza con la otra mano y al perro parece gustarle mucho que lo haga, ya que lame su mano y comienza a girar, pareciendo genuinamente feliz. Mi corazón se calienta al ver la escena. Vittoria tenía la habilidad de transmitirle alegría a todas las personas que la rodeaban. Incluso los hombres en mi casa parecían alegrarse cuando ella les daba los buenos días o les sonreía. Tenía que controlar mis impulsos celosos en más de una ocasión; si socializar la hacía feliz, entonces no se lo prohibiría. Ya le habían quitado muchas cosas—. Ven, pequeño —llama al otro perro, que parecía un poco reticente a acercarse, pero cuando su compañero ladra, se anima—. Qué buenos chicos. Son preciosísimos.

Juega un rato con ellos y sé que ya no tenemos que ver a los demás perros; se llevará a estos dos. No tengo dudas.

—¿Dante? —dice al cabo de un rato, pareciendo dudosa. Me agacho a su lado y acerco mi mano al grandote para que me huela y se acostumbre a mi olor.

—¿Qué sucede, pajarito? —Con mi mano libre acomodo un mechón de su cabello, colocándolo detrás de su oreja.

—¿Podemos llevarlos a ellos? Sé que dije uno solo, pero no puedo separarlos. Se pondrán tan tristes. Son como hermanitos. —Hace pucheros y no puedo controlar la sonrisa que se extiende por mi rostro.

—*Cara mia,* no tienes que convencerme de nada. Puedes llevarlos a ambos. —Dejo caer un beso en su sien y me acerco a su oído—. Te diré un último secreto por esta noche, a pesar de que ya has superado tu límite. —Su mirada brilla expectante—. Me tienes envuelto alrededor de tu dedo. No hay nada que no haría por ti.

Me pongo de pie antes de que pueda hablar y llamo al chico, que se apresura a entrar en la habitación.

—Prepara los papeles. Nos llevaremos a dos de tus perros. —Miro alrededor de la habitación. ¿Qué pasará con ellos? ¿Alguien los adoptará? Algo se remueve en mi pecho al imaginar que estas criaturas no podrían ser adoptadas y entonces las sacrificarían. No podía permitir que unos seres que hacían tan feliz a mi mujer murieran o se quedaran tristes en este lugar—. No, tengo una idea mejor. Nos los llevaremos a todos.

DIECINUEVE

Vittoria

—No puedo creer que compraras todos los perros —digo acariciando a Pumpkin[1] por detrás de las orejas. Yo le había elegido el nombre al más grande de los dos primeros perros que habíamos acordado traer, el más pequeño era una hembra y se encontraba sentada al lado de Dante. La había llamado Cake[2], y fue gracioso que me hubiera seguido el juego con los nombres. Habíamos llegado hace una media hora y nos encontrábamos sentados en el suelo de la sala.

—No podía dejarlos ahí. No cuando sé que significa mucho para ti. —Las lágrimas vuelven a aglomerarse en mis ojos. Ya era la segunda vez en la noche que había estado a punto de llorar.

—Gracias —susurro.

Significaba más de lo que podría explicar con palabras. Toda mi vida había tenido que pensar solo en mí. Nadie se preocupaba por cómo me sentía, si algo me irritaba o me hacía feliz. Pero con Dante, eso había cambiado. Cuidaba de mí, estaba atento a mis gustos y siempre se aseguraba de que estuviera cómoda. Era imposible ignorar la calidez que se extendía por mi pecho cuando hacía hasta el más pequeño acto para garantizar que fuera feliz aquí. Lo quería. Lo quería tanto que me aterraba la idea de que me lo arrebataran todo en cualquier momento. Nunca me he creído merecedora de amor y felicidad, pero él se encargaba de recordarme todos los días que era digna.

Gateo hacia donde está y me subo a su regazo, descansando la cabeza contra su pecho. Podía sentir el latir constante de su corazón. Me dormía todas las noches escuchando sus latidos. Era mi canción de cuna preferida. Sus brazos me envuelven y aprietan con fuerza contra su cuerpo. Siento su nariz recorriendo mi cuello. Le encantaba hacer eso. Una vez le pregunté por qué lo hacía cada vez que me abrazaba, y respondió que mi aroma era lo más exquisito que había olido en su vida.

—¿Todo bien, *cara*? —pregunta sin dejar de acariciarme el cuello con la nariz.

—Te debo un secreto. Bueno, dos en realidad. Ese es nuestro trato. —No dice nada, solo asiente y sé que es su manera de darme mi tiempo para comenzar. Quería demostrarle con hechos lo que le había dicho hace un par de horas; confiaba en él y lo hacía tanto que me sentía lista para revelarle una parte de mi pasado—. Cuando tenía unos cuatro años, mi madre nos abandonó. Mi relación con mis padres nunca fue buena, pero en ese entonces era tolerable. No era una vida perfecta, pero estaba bien. Cuando mamá se marchó, todo se fue al traste.

Sus brazos alrededor de mi cintura se aprietan en señal de consuelo.

—Mi padre siempre me decía que tenía un parecido sorprenderte con mi madre. O al menos, esa fue la justificación que se dio a sí mismo para darme unas palizas de muerte. —Aprieto mis brazos alrededor de su cuello. Sentía su cuerpo tenso debajo del mío—. Me culpaba por su marcha. Siempre me recordaba que sus vidas eran perfectas antes de que naciera. Que si no hubiera llegado, todavía seguirían juntos. —Unas lágrimas calientes se deslizan por mi rostro, pero me obligo a continuar. Era casi terapéutico contarle esto a alguien—. Me enseñó a golpes de que todo lo que tocaba lo destruía. Que no merecía ser amada ni tener una familia. Que me merecía una vida de miseria y sufrimiento.

Me enderezo para poder mirarlo a los ojos. Había ira en ellos, pero también dolor y tristeza por mí.

—Esa es la razón por la que a veces me cuesta creer que todo esto no sea más que un sueño. Que tú no eres más que la ilusión de lo que mi corazón tanto anhela. —Dejo caer mi frente contra la suya—. Un hogar seguro donde sea comprendida, deseada y... amada.

Toma mi rostro entre sus manos y me hace mirarlo. Su mirada era intensa, abrasadora. Inundada por una cantidad abrumadora de emociones.

—Lo mataré por todas las cosas que te dijo e hizo. Lo prometo. —Besa mi frente—. Y eres comprendida, deseada y amada, *vita mia*. Eres jodidamente digna de ser feliz, exitosa. Eres extraordinaria. Un rayo de luz en esta casa. —Besa mis labios en una suave caricia—. Esta casa no es mi hogar. Lo eres tú, pajarito. Lo entendí en el momento en el que lo único que deseaba era volver del trabajo y verte.

Todo en mi interior se tambalea al escucharlo. Había dicho que me amaba, ¿no? ¿O solo había dicho que era amada de una manera amistosa? Aunque los amigos no se besaban, ni se querían casar, ni hacían las otras cosas que nosotros hacíamos. Quería preguntárselo, pero a pesar de lo que había dicho, una parte de mí seguía teniendo miedo. Así que, en vez de bombardearlo con mis inseguridades, lo beso. Lo beso con todo lo que soy. Diciéndole sin palabras lo que me hacía sentir. Lo completa que me sentía a su lado.

Esto entre nosotros nos lo podían arrebatar en cualquier momento, y tenía planeado disfrutar todo lo que Dante tenía para darme. Desenredo mis brazos de su cuello y me alejo lo suficiente para mirarlo a los ojos.

—Quiero que me hagas el amor, Dante. Quiero que borres con tus manos mi tiempo en ese club. Que borres las palabras de mi padre. —La intensidad de las emociones en su mirada me envuelve. Había muchas cosas que ambos queríamos decir, pero al menos yo decidía callar por miedo.

—¿Estás segura, *vita mia*? —El susurro de sus palabras acaricia con dedos suaves mi corazón. Marcándolo. Sabía que su deseo era tener un hijo, no solo porque necesitara un heredero, sino porque lo anhelaba. ¿Así que me encontraba dispuesta a correr el riesgo de quedar embarazada? No tenía ningún anticonceptivo a la mano para protegerme, ¿pero si lo tuviera a la mano, lo usaría?

Quería una familia. Ese siempre había sido mi sueño. Una vez pensé que Dante era la persona incorrecta para dármela, ¿pero y si había estado equivocada todo este tiempo? Aún había muchas cosas que debíamos conocer del otro, pero sabía lo necesario como para estar segura de que Dante siempre me cuidaría, y protegería a nuestro hijo si quedaba embarazada.

—Lo estoy, Dante.

Aprieta su agarre alrededor de mi cintura y se pone de pie conmigo en brazos. Toma mis labios mientras sube los tres tramos de escalera hasta llegar a nuestra habitación. Mi respiración no es más que jadeos acelerados cuando aleja mis labios de los suyos y desciende, besando y lamiendo mi cuello. Ladeo este, dándole más acceso para que marque toda mi piel. Nunca había anhelado tener marcas en mi cuerpo, hasta Dante.

Desenredo las piernas alrededor de su cintura y desliza mi cuerpo hasta que mis tacones tocan el suelo. Sin apartar su mirada de la mía, baja los tirantes del vestido por mis hombros. Nunca he estado completamente desnuda ante sus ojos. Siempre había alguna prenda creando una barrera entre nosotros que aún no había estado lista para derribar.

El vestido se arremolina a mis pies y salgo de él, quedando en bragas y tacones. Con delicadeza, desata mi cabello y este cae en largas ondas hasta cubrir mis pechos. Retrocede un par de pasos y me contempla.

Inhala, recorriendo cada curva y hendidura de mi cuerpo.

—Eres... eres preciosa, pajarito. Un rayo de luz. Mi rayo de luz. —Siento como mi pecho se calienta y luego mis mejillas se enrojecen. Sin dejar de mirarme, comienza a desnudarse, y ¡qué diablos!

Jadeo por aire cuando está completamente desnudo.

Era hermoso. Los músculos de su pecho se contraen bajo mi atenta mirada, una suave capa de vello se encuentra en la separación de sus pectorales. Me gustaba pasar el tiempo acariciándolo, siempre se relajaba bajo mi toque. Dante tenía un perfecto paquete de ocho y una pronunciada V señalaba el camino a su entrepierna. Era la primera vez que veía su masculinidad. Y vaya... era grande. ¿Cómo demonios iba a entrar esa cosa en mí?

—Haremos que encaje. No será un problema —dice como si hubiera podido escuchar mis pensamientos. Acorta la distancia entre nosotros, me toma de la cintura y me atrae a su cuerpo, dejando mis pechos presionados contra el suyo—. Si quieres detenerte en algún momento, solo dilo. No haremos nada con lo que no te sientas cómoda.

Asiento. Estaba nerviosa, pero quería continuar.

Beso su barbilla y sigo besando cualquier superficie que alcanzo al mismo tiempo que lo recorro con las manos. Quería que sintiera lo que significaba para mí. Con delicadeza, me levanta por la cintura y me acuesta en la cama, quedando con él encima de mí.

Me toma por detrás de las rodillas, abriéndome para él. La intensidad de su mirada en mi entrepierna hace que mis paredes internas se contraigan, y parece que él puede verlo, ya que gime y aprieta su agarre en mis piernas.

—Voy a hacerte sentir tan bien, pajarito. —Se inclina y toma mi pecho entre sus dientes. Me remuevo y tiemblo cuando un latigazo de placer me recorre y la humedad se acumula entre mis piernas—. Pero antes, quiero tu sabor en mi lengua.

Con eso, desciende por todo mi cuerpo hasta posicionarse entre mis piernas. Cada fibra de mi cuerpo tiembla por anticipado, y cuando su lengua recorre toda mi hendidura, estoy al borde del orgasmo. Había estado en la punta de este desde el momento en el que sus dedos me acariciaron en el coche. Cierro las piernas alrededor de su espalda, disfrutando de ser devorada por su ávida y experta lengua. Succiona mi clítoris, deslizando los dientes por este, volviéndome loca. Mis uñas recorren las hebras de su corto cabello; deseaba poder tirar de él para llevar su lengua más lejos, si es que eso era posible, teniendo en cuenta que su lengua estaba dentro de mi abertura mientras su dedo pulgar acariciaba mi clítoris.

Las piernas me tiemblan cuando lleva dos de sus dedos a mi interior. Estaba tan, pero tan cerca, que solo podía gimotear de placer mientras su nombre salía de mis labios como una plegaria.

—Por favor, Dante... ¡No puedo más! Estoy... estoy. —Arqueo la espalda cuando sus dedos acarician «ese» punto que estimulaba a mi cuerpo hasta dejarlo inservible.

—Córrete, *cara*. Quiero tu dulce olor asfixiándome. Ahora. —Mi cuerpo obedece su orden de inmediato. Me enderezo, manteniendo su rostro presionado entre mis piernas. Sucumbo a cada ola de placer mientras maldigo y bendigo su nombre, al igual que su habilidad para poner mis pensamientos en blanco y dejarme con una sonrisa espléndida en el rostro.

Me dejo caer sobre mi espalda cuando se vuelve imposible permanecer erguida. Se alza sobre mí con una sonrisa arrogante y entonces lo siento. Cada terminación nerviosa de mi cuerpo cobra vida cuando su miembro se presiona contra mi apretada entrada.

—Prométeme que me dirás si quieres que me detenga, pajarito.

—Lo prometo —respondo jadeante.

Me toma de la nunca y me besa; podía sentir mi propio sabor en su lengua acariciando la mía. Envuelvo mis brazos y piernas alrededor de él, aferrándome a su duro cuerpo. Mi grito de dolor y placer se pierde entre sus labios cuando lleva su polla a mi interior, rompiendo esa barrera que siempre había impedido que sus dedos fueran más lejos. Recoge mis lágrimas con su lengua mientras susurra palabras cálidas y dulces en italiano.

Mi cuerpo se relaja ante sus besos y caricias por todo mi cuerpo. Gimo cuando retrocede en su totalidad y vuelve a penetrarme con un solo empujón. Me sentía llena y lista para correrme de nuevo.

—Maldición, *cara mia*. Estás estrujándome la polla con ese pequeño y perfecto coño tuyo. —El sonido de nuestras caderas chocando resonaba por toda la habitación, haciendo el acto más sucio e íntimo. Mis manos recorren su espalda, y podía sentir cada una de las heridas que había suturado un mes atrás. Parecía haber transcurrido una eternidad desde entonces. Mi cuerpo se estremece con oleadas de placer cuando cierra la mano sobre mi pecho y juega con el pezón—. *Mia* —gruñe entre embestidas, grabándose en mi cuerpo, corazón y alma—. Mataré a cualquiera que intente alejarte de mí. —La fuerza de sus embestidas aumenta, haciendo que el cabecero de la cama golpee la pared—. Mi hermoso rayo de sol.

Sonrío. Me sentía en una nube llena de felicidad y placer.

—Lo soy, Dante —susurro sobre sus labios entre embestidas. Lleva la mano entre nuestros cuerpos y acaricia mi clítoris; mis ojos se vuelven blancos ante el roce.

Era demasiado. Sentía que iba a hacerme pedazos entre sus brazos.

—Te siento temblar alrededor de mí, pajarito. —Sonríe burlón.

—Uh. Te golpearía si... ¡Ah! —Muerdo mi labio inferior en un intento por reprimir un grito, pero era imposible. Tiemblo, me estremezco y retuerzo bajo su cuerpo mientras el orgasmo me sacude, volviendo inservible cada una de mis extremidades.

Sus embestidas, en vez de ralentizarse, se vuelven rápidas y duras. Sujeta mis manos por encima de mi cabeza mientras sigue destruyendo mi cuerpo. Gruñe con fuerza, me toma de las caderas y me presiona contra su pelvis a la vez que su cálida semilla me llena, empujándome a un tercer orgasmo. Muerdo su hombro cuando se vuelve demasiado, lo que provoca que su polla se sacuda dentro de mí.

Dios, qué manera más hermosa de ser hecha pedazos.

Suspiro al mismo tiempo que siento sus dedos recorrer mi espalda. Había terminado acostada a horcajadas sobre su pecho luego de terminar nuestra tercera ronda de sexo. Me había agotado excepcionalmente.

Nunca me imaginé que así podría llegar a ser el sexo. Cada vez que pensaba en eso me aterraba, porque no creía que tendría la oportunidad de tener mi primera vez con alguien que se preocupara por mi bienestar y que le importase que disfrutara del acto. Pero con Dante me había sentido segura, cuidada.

Pienso en como estuvo ahí para mí desde el primer día que nos conocimos. Me cuidó y protegió. Abrió las cadenas que rodeaban mis manos. Me concedió una vida cuando no tenía nada más que un pasado lleno de dolor. Me dio un hogar, me devolvió la esperanza perdida desde hace tantos años.

No sabía cuándo dejé que cada una de sus acciones y palabras me afectaran. No sabría decir el momento en que decidí dejar de pensar y actuar de acorde a un plan. De hecho, no sabía el momento en que había dejado de luchar por mi libertad. Si es que alguna vez hubo algo por lo que luchar.

Dante nunca me encerró o me prohibió algo. Siempre me

daba mi espacio y me consentía cualquier cosa que deseara. Podía hablar con quien quisiera, ayudar en la cocina, hablar con algunos de sus hombres o simplemente sentarme a ver el atardecer.

Nunca había sido una prisionera aquí. Lo único encarcelado era mi corazón. Dante no solo compró mi libertad, también encontró la manera de sacar mi corazón de los barrotes y muros que lo rodeaban. Fue suyo mucho antes de que me diera cuenta.

—¿Vittoria?

El sonido de su voz acelera los latidos de mi corazón, confirmando mis anteriores pensamientos. Me pongo de medio lado y lo miro a los ojos, la luz de la luna filtrándose a través de las puertas del balcón me permitía ver su rostro.

—¿Sí?

—¿Qué pasa por esa cabecita tuya? Puedo sentir que le das vuelta a algo.

Lo miro, debatiéndome si decirle o no lo que había descubierto. Sabía que tomaría esos sentimientos con cuidado y los guardaría para él, así no sufrirían ningún daño. Entonces no era el miedo a su reacción lo que me frenaba, sino el miedo a que si decía esos pensamientos en voz alta me sería arrebatado.

—Te debo otro secreto —digo en su lugar.

—No tienes por qué hacerlo. Dije que uno era a cambio de nada. —Acaricia mi rostro y no puedo evitar presionarme contra el calor de su palma.

—Quiero hacerlo. —Solo había un secreto más entre nosotros, y quería decírselo—. Ese día, cuando Abele me golpeó, luego de que cerró el club, me llevó al sótano y me encerró en uno de los calabozos. —Siento como cada músculo de su cuerpo se tensa debajo de mí—. No me agredió de ninguna manera, pero hizo algo mucho peor. —Las lágrimas se escapan de mis ojos al recordarla—. Una de las chicas se negó a un baile privado y Abele no lo tomó bien. Me obligó a ver como sus hombres la golpeaban al otro lado de la celda. Luego, cuando ya no pudo defenderse, se turnaron y abusaron de ella. —Lloro como lo hice aquella noche. Mi corazón se hizo pedazos por ella, era menor que yo y solo tenía un par de días en el club—. Nunca supe su nombre, Dante. Se suicidó unos días después de eso. No hice nada, solo me quedé ahí llorando mientras la violaban. ¡No hice jodidamente nada!

Sus brazos me envuelven mientras lloro con desconsuelo por el alma de esa niña que era un ángel en el cielo desde hace mucho tiempo. Lloro por todas aquellas que seguían atrapadas en aquel infierno, del que no hubiera podido salir ilesa de no ser por Dante. Ojalá todas pudieran tener a un hombre como él, que evitara que toda la mierda de este mundo las tocara.

—Lo quemé, *vita mia*. El club no es más que un montón de cenizas.

—¿Qué? —Levanto la cabeza de su regazo, tenía la voz rasposa y la mirada borrosa por las lágrimas que no paraban de caer—. ¿Lo quemaste? ¿No queda nada de él?

—Absolutamente nada. Me encargué de conseguirle ayuda a cada una de las mujeres que Abele tenía ahí. Será un camino largo, pero estarán bien.

Miro a este hombre, que era para todo el mundo un completo monstruo, un hombre sin alma y corazón, un asesino. Pero para mí, era el hombre que amaba. El hombre que había comprado un refugio de perros porque sabía que me pondría triste dejar a los demás encerrados ahí luego de que eligiéramos a dos.

Lo miro, encontrando nada más que a un hombre con un hermoso corazón, que ahora sabía que era mío.

Lo beso, sosteniendo todo mi amor, dolor y tristeza entre nosotros y luego se los entrego. Me permito ser completamente suya, pero no como un objeto al que se pueda poseer, sino como una mujer que había encontrado el amor que ahora sabía que se merecía.

VEINTE

Dante

La vibración de un teléfono contra la mesa de noche me despierta. Me toma unos segundos en orientarme lo suficiente como para darme cuenta de algo muy importante, algo que me arranca una sonrisa: Vittoria estaba durmiendo encima de mí. Sus piernas estaban rodeando mis caderas y su rostro descansaba en la curva de mi cuello. Su respiración me hacía cosquillas en la nuca. No había podido evitar estar cerca de mí después de nuestra primera vez juntos.

Tomo el teléfono de la mesa de noche sin mirar el nombre en el identificador y contesto.

—¿Sí? —Tomo un mechón del cabello de Vittoria entre mis dedos y lo acaricio, cuidando de no despertarla.

—Dante. —El tono frío de Ethan me saluda al otro lado de la línea—. Tenemos que hablar.

Evito suspirar de fastidio al mirar la pantalla del teléfono y ver la hora.

—Son las cuatro de la mañana. ¿Acaso no podías esperar a que saliera el sol?

El suave aroma de Vittoria me inunda cuando se mueve, dejando su cabello a la altura de mi nariz. Si me inclinaba un poco, podría recorrer toda la longitud de su cuello y disfrutar de la fuente de ese aroma. Me había vuelto adicto a todo lo que la rodeaba.

—No, jodido idiota, no podía esperar. ¿Crees que lo primero que quiero hacer al despertar es hablar con tu culo gruñón? —Las palabras de Ethan se pierden entre mis ruidosos pensamientos. Recorro la longitud de la columna de Vittoria hasta detenerme en el inicio de su exótico trasero. Un día la pondría sobre sus rodillas y disfrutaría de tomarla por su estrecho agujero—. Encontré al espía. Al parecer, estuvo averiguando cuándo saldría el siguiente cargamento. Mis hombres lo atraparon tratando de meterse en mi almacén.

—¿Qué harás con él? —pregunto distraído.

Llevo los dedos a la entrepierna de mi Vittoria y la acaricio lentamente. Lo habíamos hecho dos veces más después de la primera vez, me había asegurado de ser cuidadoso y de limpiarla con una toalla húmeda después de terminar, pero aun así, imaginaba que estaba un poco adolorida. Vittoria se remueve, pero no se despierta.

—No sé, algo así como matarlo. ¿Qué te parece? —La ironía en sus palabras podría haberme molestado en otro momento, pero en este, sintiendo cómo Vittoria se humedece mientras acaricio su clítoris, muy pocas cosas podrían alterarme.

—Necesito que le preguntes para quién trabaja antes de matarlo. Después de todo, es tu culpa por no controlar a tus hombres.

—Un día, y espero que llegue muy pronto, voy a matarte. —Gruñe, evidentemente molesto—. Te enviaré un mensaje si me da un nombre. —Cuelgo la llamada y arrojo el teléfono al otro lado de la habitación. Había perdido la cuenta de todas las veces que

Ethan me había amenazado. Solo eran palabras vacías, teníamos una asociación muy fructífera como para echarla a perder.

Devuelvo la atención a la mujer sobre mí y, cuidando de no despertarla, la acomodo sobre su espalda y desciendo por su cuerpo hasta situar mi rostro entre sus piernas. Nunca antes me había atraído la idea de practicar sexo oral a una mujer, pero con Vittoria, desde el momento en el que pude apreciar el valle entre sus piernas, solo podía pensar a qué sabría.

Inhalo, disfrutando del olor de su humedad, y luego sumerjo la lengua entre sus pliegues. Gimo ante el primer contacto; era increíblemente dulce. Me encantaba la idea de percibir su olor todo el día sobre mí. Envuelvo las manos alrededor de sus muslos y la presiono contra mi boca, devorándola en su totalidad. Un suave gemido rompe el silencio de la habitación, y cuando siento sus uñas recorrer mi cuero cabelludo, sé que se ha despertado. La sensación de sus uñas contra mi cráneo envía una oleada de placer por mi columna vertebral hasta llegar a mi polla, que había estado semidura hasta este momento.

—Mmm... ¿Dante? ¿A qué debo... —Gime ruidosamente cuando mi lengua presiona su estrecha entrada y se sumerge en su cálido interior. Sus paredes me aprietan en señal de bienvenida —... este maravilloso despertar?

—Quería mi porción de ti antes de comenzar el día. —digo entre besos a su clítoris. Sin esperar a que responda, me enderezo y lo acomodo en su entrada, sus piernas rodean mi espalda, empujando hacia su cálido interior. Me autocontrol se pone a prueba cuando siento sus paredes abrazándome. Era el maldito cielo—. Me tomas tan bien, *cara mia.*

Retrocedo, disfrutando de la sensación de sus fluidos mojándome la polla. Bajo la mirada, observando donde nuestros cuerpos se unen. Una sonrisa de orgullo aparece en mi rostro; era el único que sabía lo que se sentía estar en su interior. La penetro, dejándome caer sobre su cuerpo. Mis labios se estampan contra los suyos y la devoro. Estar con Vittoria era lo más cercano que alguna vez estaría del cielo. Nuestros movimientos son sincronizados, mi cuerpo estaba tan en sintonía con el suyo que era como si hubiéramos sido hechos el uno para el otro, y por más cliché que sonaran estas palabras, me alegraba la idea de que ella siempre haya sido mi destino.

Cualquiera que nos viera en este momento no sabría dónde comenzaba uno y terminaba el otro. Había manos y besos por todos lados, como si ambos quisiéramos estar lo más cerca posible el uno del otro. El nivel de intimidad que conllevaba este acto no era suficiente, nunca lo sería; siempre querría estar lo más cerca de ella.

Los temblores de su cuerpo me advierten que está próxima a correrse. Llevo la mano entre nuestros cuerpos y acaricio ese pequeño botón sensible que sé qué la empujará por un abismo de placer. Observo sus ojos brillantes y sus labios entreabiertos de éxtasis. Vittoria era preciosa, pero en sus momentos más vulnerables era una obra de arte que nunca quería dejar de mirar.

Observo fascinado su rostro mientras se corre; sus uñas se arrastran por mis hombros y la pizca de dolor me envía a mi propio orgasmo. Su nombre sale de mis labios en una oración silenciosa, porque ella era tanto mi condena como mi salvación. Me toma varios minutos recuperarme del orgasmo, por lo que no me percato de que me he dejado caer sobre ella hasta que siento su respiración en mi nuca. Sus brazos se encuentran a mi alrededor, abrazándome. Era la primera vez en mucho tiempo que alguien me abrazaba de una manera tan íntima. La última en abrazarme con tanta delicadeza y cariño había sido mi madre.

Un nudo de emociones me rodea la garganta, pero lo ignoro. Ninguno dice palabra a medida que transcurren los minutos, había momentos en los que hablar no era necesario. Sus manos acarician las hebras de mi cabello hasta que siento que su respiración se ralentiza. No me levanto de la cama, como hago cada vez que sale el sol; solo me quedo entre sus brazos disfrutando de la sensación. Me dolía el corazón, pero no de tristeza, sino de felicidad. Porque era jodidamente feliz con Vittoria, y eso era algo que nunca creí que volvería a ser.

Observo por las cámaras del jardín a Vittoria pasear con los perros mientras Pasquele y dos de mis capos hablan sobre las ganancias de los últimos meses de dos de nuestros clubes. Tenía alrededor de treinta clubes por todo el país, con un capo en cada uno de ellos, y estos venían de manera trimestral a ponerme al tanto de los clubes. A pesar de que tenía que confiar en mis capos, siempre me aseguraba de tener a alguien más informándome de todo lo que entra y sale, por lo que todo lo que me están diciendo ya lo sé.

—Jefe, tuvimos un problema con nuestro proveedor de licor. Dice que no renovará su contrato este año, ya que asegura que no le pagamos lo suficiente por la cantidad de licor que nos provee.

Aparto la mirada de la pantalla del ordenador para mirar a los tres hombres sentados frente a mí y de inmediato me siento irritado. No quería dejar de mirar a Vittoria; calmaba algo dentro de mí cuando sabía dónde y cómo estaba.

—No me vendría mal un viaje a Venecia. Dile a nuestro proveedor que lo veré la semana que viene con un nuevo contrato.

—La sorpresa inunda momentáneamente los rostros de mis capos, pero el encargado del club de Venecia asiente y retoman el informe.

Este era el problema de no llevar algunos negocios en persona, la gente olvidaba las consecuencias de desobedecerme, y nuestro proveedor recibiría el mensaje de forma directa. Regreso la mirada a la pantalla, Vittoria se encontraba en el suelo con Pumpkin encima de ella mientras este le lamía la cara. Cake corría alrededor de ellos mientras ladraba.

—Pasquele, termina de revisar los informes. Necesito ir a un lugar.

Salgo de mi oficina y me dirijo al jardín trasero. Cuando me encuentro a un par de metros de la puerta trasera, escucho las risas de Vittoria y los ladridos de los perros. Encuentro a mi hermana sentada en uno de los escalones observando a mi chica jugar. A un par de metros se encontraba Renato, el guardaespaldas de Vittoria. Tenía en su campo de visión a mi mujer y a mi hermana. Por eso era uno de mis mejores hombres: siempre se aseguraba de hacer un buen trabajo.

—Creí que no te gustaban los perros —dice Eloísa en cuanto me siento a su lado.

—Así es. No me gustan.

—Aun así, adoptaste dos perros porque eso era lo que ella quería. —Me mira; tenía los ojos brillantes y una pequeña sonrisa en los labios—. Y adoptaste a los demás perros del refugio porque sabías que dejarlos allí la pondría triste.

Me encojo de hombros y regreso la mirada a Vittoria. Ahora estaba regando las flores con Pumpkin y Cake escoltándola.

—Creo que pudiste descubrir por ti misma que me es imposible negarle algo.

—Sí, pude darme cuenta de eso. —Ríe y luego me abraza. Me tenso por un momento, pero luego me relajo. No estaba acostumbrado a que me abrazara—. Me alegra que seas feliz, hermano mayor. Te lo mereces después de todo lo que has pasado.

El recuerdo de las duras semanas posteriores a mi rescate de la prisión de Daniele, y de los años que siguieron a la muerte de nuestros padres, llegan a mi mente. Sí, había sido difícil salir adelante, pero no por nada llevaba el apellido «De Santis».

—¿Cuándo vas a hablarme sobre él? —suelto lo que venía

sospechando hace un tiempo luego de que comenzaran sus largos viajes a Alemania—. Prometo no matarlo.

Niega. Aleja sus brazos de mi cuerpo y me mira. Había una seriedad en su mirada que la hacía parecer mayor de lo que era.

—No lo aprobarías.

—¿Por qué?

—No es lo que querrías para mí.

—Eloísa.

—Dante.

Suspiro.

—Dime quién es. —Niega sin mirarme—. Si lo descubro por mi cuenta y no me gusta lo que encuentro, será peor.

—Nunca lo sabrás.

Se pone de pie y entra en la mansión. Estoy por seguirla al interior y exigirle que me diga quién es el hombre, cuando me doy cuenta de que Vittoria está caminando en mi dirección. Toma asiento donde había estado Eloísa. Cake se acomoda entre mis piernas y se acuesta, parecía agotada después de una mañana de juegos.

—¿Todo bien? Vi que Eloísa se iba. Parecía molesta.

—Ya se le pasará. —Rodeo su cintura con mi brazo y la alzo para sentarla en mi regazo—. ¿Te divertiste? —pregunto.

Tomo un mechón de su cabello y lo enrollo alrededor de mi dedo.

Asiente con una hermosa sonrisa en el rostro.

—Creo que deberíamos comprarles algo de ropa.

Enarco una ceja sin dejar de acariciar su cabello.

—¿Quieres vestirlos? —Asiente—. ¿A los perros? —Vuelve a asentir—. Sí sabes que ellos no se sienten desnudos como nosotros cuando no usamos ropa, ¿verdad?

Pone los ojos en blanco. Rodea mi cuello con sus brazos y me acaricia la nuca con las uñas.

—Lo sé, pero quiero vestirlos.

—Bien. Mañana iremos por ropa para perros. —Esa hermosa sonrisa vuelve a iluminar su rostro. Si tener que decirle «sí» toda la vida es la manera de hacerla sonreír de esa manera, entonces lo haría hasta mi último respiro—. ¿Qué te parece un viaje a Venecia antes de la gala?

Chilla en mi regazo y me abraza hasta dejarme sin aliento, pero eso no borra la sonrisa de mi rostro. Sí, su felicidad era mi recompensa por haber soportado todo mi pasado.

VEINTIUNO

Vittoria

Estaba emocionada y muy asustada.

Era la primera vez que saldría del estado y que subiría a un avión. A penas había logrado conciliar el sueño por la emoción y eso había preocupado a Dante toda la noche, ya que creía que me había arrepentido de aceptar viajar con él.

No sabía muy bien cómo mostrar mi emoción sin parecer que estaba teniendo una crisis nerviosa. En la última semana, había aprendido que Dante era muy inestable respecto a mi seguridad y bienestar. La más mínima cosa lo preocupaba y lo hacía amenazar con matar a cualquiera que me hubiera hecho daño. Era como ver a un oso gigante gruñendo a todos, pero cuando me acercaba, se convertía en un cachorro. Era tierno.

Salgo del coche con ayuda de mi prometido y entrelaza nuestras manos. Me dedica una de sus tan extrañas sonrisas, pero que eran tan únicas y hermosas que enloquecían a mi corazón.

—Creí que viajaríamos en un avión. —Observo enfrente de lo que parecía ser un miniavión con el nombre Santis Airline en letras doradas—. ¿Es tuyo?

Asiente con una sonrisa gigante en el rostro.

—Sí. Y la aerolínea también.

Tiene que ser una broma.

—¿Eres dueño de una aerolínea? —Vuelve a asentir sin dejar de sonreír. Llevo la mirada de él al miniavión y repito la acción—. ¿Qué demonios harías con toda una aerolínea? —No podía reprimir mi sorpresa. Sabía que era rico, pero esto era una locura.

¡Hablábamos de una jodida aerolínea!

—Viajar. —Tira de mi mano y me guía por las escaleras—. ¿No te gusta el avión? Puedo pedir que cambien todo lo que no sea de tu agrado.

Tomo asiento frente a él y lo observo hasta que aparta la mirada de la ventanilla a su lado.

—Acabo de darme cuenta de que estás loco.

Ríe.

—¿Te sorprende más el hecho de que tenga una aerolínea y no que asesine a hombres como si fuera un deporte? —Ladeo la cabeza y él se queda observándome—. Creo que el que tiene un serio problema en la cabeza eres tú, *cara*.

—Supe desde la primera vez que te vi que eras un asesino. Estaba preparada para ello desde el momento en que compraste mi libertad. —Nunca me molestó el hecho de que lo hiciera. Era parte de su vida. Así que era él o el mundo, y siempre lo preferiría a él—. Pero el que seas dueño de una aerolínea me dice que eres más rico de lo que creí.

Frunce el ceño, pareciendo no comprender.

—¿Te molesta que sea rico?

—No. O sea, no negaré que tiene sus ventajas que lo seas. Solo me recuerda lo diferentes que son los mundos de donde venimos. —Aparto la mirada de la suya y miro por la ventanilla—. Nunca imaginé que las personas podrían comprar una aerolínea si lo quisieran.

Tal vez mi propio desconcierto se debía más a lo dura que fue mi infancia. A veces apenas teníamos para comer. Tuve que aprender a valerme por mí misma desde que era una niña para no morirme de hambre, y eso conllevó hacer cosas que una niña de cinco años no debería hacer. No me sentía orgullosa de robarle a personas que tal vez se encontraban en una peor situación a la mía, pero hice lo necesario para sobrevivir.

La voz del piloto nos informa que estamos por despegar, así que tomo el cinturón de seguridad e intento abrocharlo. Fracaso dos veces antes de que unas grandes manos aparten las mías y lo abrochen. Dante se sienta a mi lado y abrocha su propio cinturón de seguridad.

Toma mi mano entre las suyas y la acaricia suavemente.

—Iba a intentar mantenerme alejado durante el vuelo para que pudieras descansar, ya que apenas dormiste anoche, pero me parece que será imposible tener mis manos lejos de ti por tanto tiempo. —Lleva mi mano a sus labios y besa cada una de las puntas de mis dedos—. Sé que no siempre fue así para ti. Abele también me contó la situación en las que se te encontró, pero tampoco fue siempre así para mí. —Las últimas palabras son casi un susurro; si no fuera por lo cerca que estábamos, no lo habría escuchado—. La ropa cara, los coches último modelo. Los viajes. El lujo. —Señala con su mano libre la elegancia de todo lo que nos rodeaba—. Al principio no teníamos ni dónde caernos muertos. Hasta que mi padre se involucró con el anterior don.

Lo observo en silencio, permitiéndole continuar. Su atención se centraba en las líneas de mi palma y en recorrer cada una de ellas.

—Al principio fue solo un soldado, pero con los años fue subiendo de rango hasta que el don lo nombró capo. Mi padre trabajó duro para darnos una buena vida a mi hermana y a mí, y creyó que nos lo arrebatarían todo cuando mataron al don. —Niega, pareciendo perdido en los recuerdos—. El viejo nombró a mi padre don. Pasquele fue a buscarnos a nuestra casa en cuanto supo que un grupo de capos había ordenado la muerte del don.

Suspira y alza la mirada, esta se encuentra con la mía de inmediato. Hay una profunda tristeza en sus ojos que hizo que me doliera el corazón.

—Al principio no entendí por qué lo había elegido a él. Sí, éramos italianos de sangre pura, pero no veníamos de una familia de capos. Luego, cuando mis padres murieron, lo comprendí. Tuve que apoyarme en la única persona en la que mi padre y el anterior don siempre confiaron: Pasquele. —Acomoda un mechón de mi cabello por detrás de mi oreja—. El anterior don eligió a mi padre como su sucesor porque le demostró su gratitud y lealtad desde el primer día. Mi padre siempre fue un hombre que vio más allá de sus propios intereses, y creo que eso era lo que el don quería para la *famiglia*.

La tristeza en su mirada había sido sustituida por un flamante orgullo.

—Me hubiera gustado conocer a tu padre.

—Le hubieras encantado.

Sonrío.

—Pasquele también parece ser un buen hombre. Me alegra que estuviera contigo y te apoyara.

Me dedica una sonrisa ladina.

—Los primeros años siempre me aterró. Es un hombre muy intimidante, y te mira de una forma que no sabes si te está juzgando o ignorando. —Río porque es cierto. Aún me siento un poco intimidada por él—. Pero todo eso cambió un día, y desde entonces tiene mi más profunda gratitud. —Me observa por unos segundos en silencio antes de continuar—. Me secuestraron cuando tenía doce años. Me torturaron para sacarme información sobre mi padre, pero no obtuvieron nada. Pasquele y mi padre, junto con un pequeño ejército, me rescataron. —Toma un mechón de mi cabello y tira de él—. Pasquele siempre ha sido un hombre pacífico, pero ese día irrumpió en el sótano donde me tenían y mató a los hombres que me retenían mientras mi padre se encargaba de los hombres en el resto de la casa.

»Siempre extrañaré a mi padre y estaré agradecido hasta mi muerte por lo que hizo por mí y nuestra familia, pero Pasquele también ha sido una figura paterna para mí, me ha ayudado más de lo que crees a lo largo de los años. —La tristeza recorre su rostro—. ¿Crees que eso me haga un mal hijo, *cara*?

Niego de inmediato, queriendo borrar esa idea de su mente.

—No, no lo hace. Puede que no conociera a tu padre, pero tengo la certeza de que está orgulloso de todo lo que has logrado, y de que le alegra que un hombre como Pasquele esté a tu lado.

—¿En serio lo crees?

—Lo creo. —Acaricio el contorno de su rostro, él se inclina hacia mi tacto y mi pecho se calienta por el hombre que está frente a mí. Ha sufrido tanto, pero ahora me aseguraré de hacerlo feliz—. ¿Y tu madre? ¿Cómo era ella? —pregunto, queriendo alejar los pensamientos de su padre.

Un brillo ilumina sus ojos, borrando todo rastro de tristeza. Ese es mi hombre.

—Eloísa es una perfecta copia de ella. Cada vez que la miro, recuerdo lo parecidas que siempre fueron y lo fuerte que Eloísa ha tenido que ser. —Besa mi frente y luego mis labios—. Ella puso su vida en pausa mucho tiempo por mí. Y tengo la sensación de que ahora no sabe cómo seguir.

—Tal vez deberías darle un pequeño empujón en la dirección correcta.

—¿Sabes algo sobre el hombre con el que ha estado saliendo? —El color abandona mi piel. ¿Eloísa le ha dicho algo? Estrecha la mirada—. Vittoria, ¿qué es lo que sabes?

Sonrío inocentemente.

—¿Por qué yo debería saber algo?

—Tú y mi hermana pasan mucho tiempo juntas.

—Eso es cierto, pero no hemos hablado en particular sobre el hombre con el que está saliendo.

No era del todo una mentira. Me había contado muy poco y tenía la sospecha de que eso fuera culpa de Dante. Teme que su hermano me saque la información a la fuerza.

—Entonces has estado hablando de otros hombres —acusa con evidente irritación.

—No. No he estado hablando de otros hombres —digo con convicción para alejar cualquier idea asesina de sus pensamientos—. Esto no está saliendo como esperaba. ¿Puedo levantarme? —Habíamos alzado el vuelo hace varios minutos, pero por lo distraída que estuve, apenas me había percatado de ello.

—¿Qué harás?

No respondo, me desabrocho el cinturón de seguridad y me levanto. Me pongo frente a él, sintiéndome nerviosa repentinamente.

—Necesito tu ayuda con algo.

—¿Sí? ¿Y qué es?

Su mirada me recorre. No llevaba nada sensual a la vista; solo una falda y una de sus sudaderas, pero ese había sido el plan desde un principio.

—Estoy algo indecisa en cuanto al corsé que usaré el día de la gala, así que quería que tú eligieras.

—Está bien. Muéstrame las opciones que tienes.

Con una sonrisa, llevo las manos al borde de la sudadera y la subo hasta sacarla por mi cabeza. Su fuerte inhalación alimenta mi seguridad para llevar esto a cabo. Iba a hacer a mi hombre muy feliz.

El corsé que llevo era negro y transparente, excepto en las copas, que ponían firmes mis pechos. Tenía flores bordadas y se mantenía sobre mis hombros con dos listones de seda negra.

—El otro es muy similar a este. Solo que de color blanco y con flores azules. —Giro sobre mi eje para que pueda verme mejor. El corsé acentuaba mi cintura y redondeaba mi trasero—. ¿Y bien? ¿Qué te parece?

—¿Las personas de la gala te verán con esto puesto?

Me toma de la cintura y tira de mi cuerpo hasta que me tiene sentada a horcajadas en su regazo.

—No, nadie más lo verá.

—Es bueno escuchar que no tendré que matar a nadie en tu primera gala. No me hubiera gustado arruinarte la noche.

Tira del lazo de uno de los listones y luego del otro. Sus manos se deslizan por mi espalda y comienza a desabrochar los pasadores del corsé con una lentitud tortuosa.

—Tal vez podrías dejarlos vivir —susurro jugando con los botones de su camisa de vestir negra.

—Es posible. —Aleja el corsé de mi cuerpo, dejándome desnuda de la cintura para arriba—. Tal vez, si me convences, no mataré a cualquiera que te mire el día de la gala.

Besa la base de mi cuello y desciende hasta llegar al valle de mis pechos. Muerdo mi labio inferior cuando toma mi pezón entre sus dientes y tira. Un estremecimiento me recorre ante la ola de placer. Lleva sus labios a mi otro pecho y lo somete a la misma tortura, solo se detiene cuando estoy meciéndome contra su duro miembro en un intento de aligerar la presión entre mis piernas.

—Mi mujer, tan necesitada y codiciosa. —Sin apartar su mirada de la mía, se baja la cremallera de los vaqueros y se saca la polla de los calzoncillos. Me relamo los labios, la punta se encontraba un poco húmeda por su excitación. ¿Qué se sentiría tomarlo entre mis labios y saborearlo?—. Sigue mirándome así y esto terminará antes de lo que quiero, pajarito. —Me quita las bragas de un tirón—. ¿Estás lista?

—¿Por qué no lo averiguas tú mismo? —le pregunto, desafiante, dedicándole una sonrisa angelical.

Me da una sonrisa socarrona y se introduce en mi interior de una sola estocada. Grito ante la intromisión, mi cuerpo aún no se acostumbraba a tener algo de gran tamaño en su interior.

—Sí. Jodidamente lista para mí. —Usando sus hombros como palanca, muevo las caderas, provocándolo. Gimo ante sus duras y lentas estocadas—. Una cosa, pajarito, por cada sonidito tuyo que el piloto escuche, será una bala en su cuerpo.

Abro los ojos como platos. No podía estar hablando en serio.

Intento bajarme de su regazo, pero me rodea la cintura con el brazo y nos pone de pie. En un rápido movimiento, me pone de rodillas sobre el asiento donde había estado y me inclina sobre el respaldar.

Sus grandes manos me abren y luego entra de nuevo en mí de un solo golpe. Sus embestidas eran lentas pero duras, y me resultaba casi imposible permanecer en silencio.

—Recuerda, *cara mia*. Nadie puede escuchar cómo me follo a mi prometida. —Gruño, reprimiendo un grito cuando me azota el trasero—. Diablos. Siempre quise pertenecer al grupo Mile High Club.

¿El club de qué?

Pierdo mi línea de pensamientos cuando siento sus dedos pellizcando mi clítoris. Este hijo de puta va a hacer que grite para matar al piloto, pues eso no va a pasar. Tomando su mano de mi trasero, la llevo a mi boca y la muerdo con fuerza, acallando todos mis gemidos. No permito que la retire cuando tira de ella, así que lo muerdo más duro. Mis paredes internas se contraen cuando acelera sus movimientos.

Tiemblo y grito cuando el orgasmo me produce fuertes oleadas que hacen que sea casi imposible respirar con su mano en mi boca. Me dejo caer contra el asiento, sintiendo cómo su semen corre por la cara interna de mis muslos.

Luego de dejar a Vittoria en el área vip de mi club me dirijo a mi oficina, donde se encuentra mi proveedor de alcohol, Lorenzo.

Lo encuentro sentado en una de las sillas frente a mi escritorio. No tomo asiento, en su lugar me quedo de pie frente a él. A mi espalda, dos hombres de mi personal de seguridad se posicionan a ambos lados de la puerta.

Lorenzo no saldría de aquí sin firmar ese acuerdo por un año más.

—¡*Buongiorno, signor De Santis!* Es bueno verlo después de tanto tiempo. —No correspondo su efusivo saludo, en su lugar lo observo, pensando en cuál parte de su cuerpo querrá más.

—¿Cuánto tiempo llevamos trabajando juntos, Lorenzo?

Frunce el ceño, pareciendo desconcertado por mi tono de voz y la tensión en el ambiente.

—Mmm... ¿Una década, *signore*?

Asiento.

—¿Y sabes por qué nuestro acuerdo ha sido tan beneficioso para ambos a lo largo de los años?

—¿Por su generosidad?

Arqueo una ceja.

—¿Me lo dices o me lo preguntas?

El miedo resplandece como un faro de luz en su rostro.

—Es... es usted muy generoso, *signore* De Santis.

—¿En serio? —Rodeo mi escritorio y saco un abrecartas del cajón principal—. Porque he escuchado de uno de mis capos que no te encuentras satisfecho con nuestro trato. Me parece que dijo que no te pagamos lo suficiente.

Escucho como pasa saliva ruidosamente cuando me detengo detrás de él.

—Ha-a sido un error.

—¿Entonces insinúas que mis hombres son unos mentirosos?

—Recorro la línea de su cuello con la hojilla del abrecartas y se estremece.

—No, *signore*. No lo son. Cre-eo que ha sido un error de mi parte. Tal vez hablé demasiado bajo y no pudieron escucharme.

—Mmm... Tal vez eso haya sido, pero quiero evitar futuros problemas como este. ¿Estás de acuerdo conmigo, Lorenzo? —Asiente efusivamente—. Bien, me alegra que estemos en la misma página. —Miro a mis hombres—. Sujétenlo.

Uno inmoviliza su cabeza y le abre la boca cuando se lo indico, y el otro sujeta el resto de su cuerpo. Me acomodo entre ambos y tomo la babosa lengua de Lorenzo. No puedo evitar sonreír cuando el miedo en su rostro es remplazado por el terror.

Sí, sin duda acababa de recibir el mensaje.

Le rebano la lengua de un solo tajo y retrocedo antes de que la sangre salpique mi traje. No quería ensuciar a mi pajarito con esta mierda.

—Ya que hemos resuelto nuestro pequeño desacuerdo, espero que firmes el contrato acordado. —Asiento con la cabeza hacia mis hombres—. Asegúrense de que no muera.

Salgo de la oficina y me dirijo a donde dejé a Vittoria, pero de inmediato me arrepiento de haber dejado el abrecartas.

Alguien más tenía ganas de perder otra parte de su cuerpo.

Vittoria

El club donde nos encontrábamos era precioso. Nada parecido al que fui prisionera por dos años. Este destilaba elegancia y riqueza. Había hombres con trajes de marca y mujeres con vestidos de coctel elegantes. Era evidente que Dante exigía un código de vestimenta.

Se ha ido hace unos treinta minutos a su oficina con otros dos hombres que me habían dedicado un asentimiento de cabeza a modo de saludo sin apenas dedicarme una mirada. Estaba segura de que mi prometido ha tenido algo que ver con eso.

A pesar de que el lugar tenía un muy buen ambiente y música, no me genera ninguna necesidad de bailar. Tal vez se debía al tiempo que estuve obligada a hacerlo para sobrevivir. Aún disfrutaba de bailar, pero solo para mí o para Dante. No quiero volver a hacerlo en un lugar público.

Un toque en mi hombro me saca de mis pensamientos. A mi lado se encontraba un hombre que parecía un par de años mayor que yo. Sostenía dos bebidas en sus manos, una estaba ligeramente inclinada en mi dirección.

—¿Puedo invitarte un trago?

Niego de forma apresurada. Si Dante lo ve, lo matará.

—Estoy casada.

Levanto la mano con la enorme piedra de mi anillo brillando bajo las luces del club.

—Parece que tu esposo te ha dejado sola. —Sonríe en un intento de parecer coqueto, pero parecía más una mueca que otra cosa—. Vamos. Bebe una copa conmigo.

—Vas a hacer que te maten. Soy la señora De Santis. Y si no te vas ahora, mi esposo abrirá varios agujeros por tu cuerpo. —Hago la simulación de tener un arma en la mano y de dispararle.

Parece percatarse de la seriedad de mis palabras y se da la vuelta, pero no se aleja como espero que haga, sino que se queda quieto en su lugar.

—¿Adónde crees que vas?

Cierro los ojos al escuchar el mortal tono de Dante.

—S-señor De Santis, le juro que no sabía que era su esposa.

—Ya veo. —Me pongo de pie y me acerco a Dante, entrelazando mi brazo con el suyo. Tal vez podría intentar detenerlo si intentaba matarlo—. ¿Entonces por eso debería perdonarte el que hayas intentado drogar a mi esposa?

Espera, ¿qué acababa de decir?

Miro a Dante en busca de una explicación, él responde sin mirarme:

—Este hombre tiene la entrada prohibida a mi club, ya que drogó a dos mujeres e intentó abusar de ellas. Dos de mis hombres lo vieron echar una pastilla en la bebida que te ofreció.

Con cada palabra que dice su enojo aumenta visiblemente.

—No vayas a matarlo aquí —suelto cuando lleva la mano a su espalda para sacar su arma—. Solo... solo deja que uno de tus hombres lo haga. Quiero irme de aquí.

No me gustaría que la noche de las otras personas se estropeara con la muerte de uno de los clientes. Solo podrías desaparecerlo, ¿no? Me mira por unos segundos y luego asiente. Le hace señas a uno de sus hombres y este se acerca.

—Sáquenle los ojos, luego asegúrense de que llegue a su casa.

Dante me toma de la mano y me conduce durante todo el camino hasta que salimos del club. La brisa fría acaricia mi rostro. Inclino la cabeza, disfrutando de los olores que traía la noche.

—Ven. Vamos a caminar.

Tiro de Dante y ahora soy yo quien lo conduce por varios kilómetros. No sé en dónde estábamos, pero era relajante caminar por las calles de Venecia bajo la luz de la luna sin ninguna preocupación por el mañana. Dante, a mi lado, mira a su alrededor vigilando todo lo que nos rodea, así que, queriendo que él se relaje, busco un tema de conversación.

—¿A qué te referías cuando dijiste «Mile High Club»?

Me había generado curiosidad saber por qué quería ser miembro de ese club, pero había estado muy agotada después de nuestro encuentro para recordarlo.

—Es un club al que ingresan las personas que han tenido sexo en un avión a más de una milla de altura. —Se encoge de hombros, dedicándome una pequeña sonrisa—. Siempre me pareció divertida la idea de pertenecer al club.

—Así que... ¿Ahora somos miembros?

—Lo somos, pajarito.

Sonrío, sorprendida de que las personas hayan formado un club como ese, pero la verdad era que sí ha sido divertido y muy placentero.

—Dante.

—¿Mmm?

—¿El piloto sigue vivo?

Sonríe, me rodea el hombro con el brazo y besa mi sien. Caminamos por horas, pero en ningún momento de nuestra improvisada velada responde a mi pregunta.

VEINTIDÓS

Dante

Tamborileo los dedos sobre mi muslo mientras espero con paciencia a que Vittoria baje las escaleras. Me ha hecho prometerle, mientras estaba enterrado hasta la empuñadura en su coño que no subiría y la bajaría yo mismo, y ciertamente, en un momento como ese, le habría prometido la luna misma.

Hoy es el día de la gala y el cumpleaños de Vittoria. Ella no me lo había dicho y actuó todo el día como si no fuera un día para celebrar. Me tomó varios días comprender por qué no me lo ha dicho, pero ahora era claro; sus padres siempre la hicieron sentir culpable por haber nacido. Bueno, ahora yo estaba aquí, y voy a cambiar eso.

Alzo la mirada cuando el sonido de unos tacones descendiendo las escaleras se oye en la habitación. Mi corazón deja de latir al verla. Todo a mi alrededor desaparece y lo único que queda es ella en un hermoso vestido victoriano, luciendo la más valiosa de las joyas, su sonrisa, que lograba iluminar hasta la habitación más oscura. Mi corazón retoma sus latidos, pero estos habían dejado de ser míos desde el momento en que la vi en ese club, cada uno pertenece a ella.

Cada latido y respiro llevaban un nombre. Era y siempre será ella.

La tomo de la mano, anhelando sentir su piel contra la mía, pero los guantes negros que lleva hasta el hombro me lo impiden, me inclino y beso el dorso de su mano. No podía quitarle los ojos de encima, y cuanto más la miro, más fascinado me encontraba.

—¿Te he dejado sin habla?

Había una emoción en sus palabras que se mantuvo ahí desde que comenzó la semana. Su sonrisa, llena de orgullo, se ensancha al ver que no respondo de inmediato.

—Lo has hecho, *vita mia.* —La tomo de la cintura y la acerco a mi cuerpo—. Sé que te lo digo muy seguido, pajarito, pero eres lo más hermoso que tengo en la vida. Y este vestido... —La hago girar, alborotando la vaporosa falda—. Es sencilla-mente sexi.

Ríe, rodea mi cuello con los brazos y se pone de puntillas para besarme.

—No puedes llamar «sexi» a un vestido victoriano.

—Claro que puedo. Si estuviéramos en otra época, yo sería un duque y tú, mi duquesa, y ninguna regla de la sociedad me habría impedido llamarte sexi a ti y a ese vestido.

Vuelve a reír.

—¿Estás listo para ver lo que hice con la decoración de la gala?

—Maldición, sí.

Observo fascinado la decoración de la carpa para eventos. Todo estaba en tonos blancos, dorados y *beiges*. Grandes lámparas de araña alumbraban el lugar. Las flores, las velas, los manteles. Estaba increíble.

—Sin mentirte, *cara,* esta es una de las mejores decoraciones que he visto.

—¿Entonces te gusta? —Se muerde el labio inferior, pareciendo nerviosa.

—Me encanta. Te ha quedado hermoso.

Su sonrisa se ensancha y aplaude. Las personas a nuestro alrededor nos lanzaban miradas curiosas, pero no me importaba nada más que Vittoria en este momento. Ella resaltaba entre los tonos claros; su vestido era rojo con encaje negro y flores bordadas del mismo tono. Su cabello caía en largos bucles. Parecía una reina.

Permanezco a su lado mientras algunas personas se le acercan para felicitarla por la decoración. Ella agradece, mencionando que mi hermana también la ha ayudado. Continuamos así por las primeras dos horas de la gala, algunos hombres intentan acercarse para hablar de negocios, pero los despido con un movimiento de la mano. Esta noche toda mi atención la tendría Vittoria.

Cuando veo llegar a Eloísa, mi ceño se frunce. Llevaba un hermoso vestido blanco con pedrería, por lo que debería estar caminando hacia mí con una gigante sonrisa en el rostro, pero en su lugar, parecía molesta.

—¿Qué ha sucedido? —pregunto.

—Nada —dice sin mirarme y se dirige a Vittoria para abrazarla—. Estás preciosa, Vi. ¿Y esto? ¡Está increíble!

—De verdad que muchas gracias por toda la ayuda. No lo habría logrado sin ti.

Mi hermana niega.

—Mentira. Lo hubieras logrado. No eres de las que se rinde. Ahora... —añade y mira a su alrededor—, necesito una copa. ¡Los veo más tarde, tortolitos!

—¿Sabes lo que la ha molestado? —pregunto inclinándome hacia mi prometida.

—No tengo la menor idea. Está así desde esta mañana.

Suspiro. A lo mejor tenía que ver con ese misterioso hombre.

—Vamos a sentarnos. Alguien más puede darle la bienvenida a las víboras que faltan por llegar.

Nos dirigimos a nuestra mesa y esperamos a que Pasquele dé el discurso que agradece por las donaciones que se harán esta noche. Esta tradición comenzó dos generaciones atrás y, a pesar de que no disfrutaba de estar rodeado de personas que me apuñalarían por la espalda a la más mínima oportunidad, era para una buena causa la recolecta de fondos.

La noche transcurre sin incidentes, entre rifas y actividades para que la gente apueste su dinero. Cuando el presentador llama a las parejas a la pista de baile, miro a Vittoria, que había estado observando el resultado de su arduo trabajo con fascinación.

—Señorita Armas, ¿le gustaría bailar conmigo?

Sonríe.

—¿Acaba de pedirme algo y no ordenármelo, señor De Santis?

Me encojo de hombros.

—Es un lujo que solo mi mujer tiene. —Extiendo la mano, ofreciéndosela—. ¿Bailas?

—Solo si es contigo.

Nos ponemos de pie y nos dirigimos a la pista de baile, donde está comenzando una pieza lenta. Con una mano, la tomo de la cintura, y con la otra, tomo su mano entre la mía. Comenzamos a mecernos lentamente, su mirada entrelazada con la mía y nuestros corazones latiendo al mismo compás.

Esas dos palabras habían estado en la punta de mi lengua las últimas semanas, pero había temido que no me creyera si las decía. Había insinuado que la amaba la primera noche que estuvimos juntos, pero no obtuve una pregunta ni una afirmación por su parte, así que supuse que necesitaba más tiempo para acostumbrarse a la idea de que alguien la amara.

Pero ahora se había vuelto tortuoso guardarme esas palabras, quería que lo sepa. Dios. Deseaba que se viera a través de mis ojos, para que dejara de creerse indigna de amor.

Cuando la música termina, siento la boca seca, y el corazón, pesado. Ya no quería esperar más.

—¿Te gustaría salir un momento conmigo? Hay algo que quiero darte.

Asiente y nos escabullimos rápidamente de nuestra propia gala. Nadie nos extrañaría de igual forma. Caminamos por el jardín hasta que llegamos a un cobertizo que daba a la piscina que, por lo general, nunca usaba. Quería un poco de privacidad para lo que voy a hacer.

Abro la puerta y entramos. Caminamos por la oscuridad hasta llegar a la piscina. Antes de que se dé la vuelta, tomo un pequeño bizcocho con una vela y la enciendo. Luego le agradeceré a Giada por ser mi cómplice.

Me pongo de rodillas e inicio:

—La manera en que hice esto la primera vez fue incorrecta. Te merecías algo mucho mejor. —Se gira y sus ojos se abren como platos—. Quiero decir, primero que nada: feliz cumpleaños, pajarito. Sé la razón por la que no me dijiste nada, y espero cambiar ese sentimiento de tristeza que te trae este día con mis siguientes palabras. Prometo proteger cada una de tus sonrisas y mantenerlas siempre brillantes. Prometo estar ahí para sostenerte por si alguna vez lo necesitas. Y prometo recordarte siempre que te amo. Porque lo hago, maldita sea. —Sonrío. Su mirada brillosa se ilumina a causa de otro motivo: Felicidad—. Te amo con cada parte oscura y rota de mí. Eres digna de amor, felicidad y adoración. Y darte cada una de esas cosas será la misión de todos mis días. —Me pongo de pie y sostengo el bizcocho con la vela aún encendida entre nosotros—. ¿Me aceptas como tu esposo, pajarito?

Asiente entre lágrimas y sopla la vela. La abrazo y la beso con cada fibra de mi alma.

—Te amo, Dante —susurra—. Tanto que a veces no sé qué hacer con todo lo que siento.

—Dámelo todo, *cara*. —Beso su frente—. Soy tuyo, Vittoria, siempre lo he sido.

Vittoria

La noche había terminado mejor de lo que pude haber imaginado. Por primera vez en veinte años alguien me había deseado un feliz cumpleaños. A veces no sabemos que necesitamos escuchar ciertas palabras hasta que nos las dicen. Dante había estado uniendo esos fragmentos que se hicieron pedazos a lo largo de los años, y anoche había puesto la última pieza en su lugar. Tomó uno de los días más triste de mi vida y lo transformó en el más feliz de todos.

Me había dicho que me amaba, y esas palabras lo significaban todo para alguien que nunca había escuchado eso.

Lo observo a través de las pestañas, encontrándolo con los ojos cerrados, pero sabía que no estaba dormido. Luego de que la gala culminó, regresamos a nuestra habitación e hicimos el amor hasta que ninguno de los dos pudo moverse. Cuando dormía, o parecía que lo hacía, sus facciones se relajaban y parecía mucho más joven, pero sus pómulos eran firmes, al igual que sus labios, era algo constante que ni siquiera desaparecía cuando descansaba. Acaricio sus cejas, luego su nariz y por último sus labios. Un mordisco en la almohadilla de mi dedo me hace alejar la mano rápidamente de su boca.

—¿Por qué ha sido eso? —susurro en la penumbra de nuestra habitación.

—No puedo dormir si me estás distrayendo.

—Nunca duermes cuando estoy despierta.

La comisura de sus labios apenas se alza.

—Parece que alguien ha estado fingiendo dormir. —Muerdo

mi labio inferior, creo que he hablado de más—. Quiero preguntarte algo.

—Está bien.

Me acomodo contra su caliente cuerpo, disfrutando de la sensación. Era difícil mantenerme lejos de él cuando estábamos en la cama o en cualquier otra parte, si era honesta.

—¿Cómo te gustaría que fuera la boda? —Sus dedos recorriendo las hebras de mi cabello me hacen ronronear—. Quiero tener todos los detalles para darte la boda de tus sueños.

Medito unos minutos la pregunta antes de responder. La verdad es que nunca había pensado en los detalles de mi boda, porque creí que nunca tendría una.

—Me gustaría un gran vestido estilo princesa —digo con una imagen formándose en mi mente. Sonrío—. Y que brille mucho.

A lo largo de los años, cada vez que soñaba con el mejor día de mi vida, siempre me imaginé con un vestido así, y sabía que con Dante podía dejar salir mis sueños más infantiles, él no se reiría de ellos como habían llegado a hacer mis padres, él haría todo lo posible por hacerlos realidad.

—Muy bien. ¿Algo más?

—¿Eres un hombre religioso?

—Nunca lo he sido, pero eso ha cambiado un poco los últimos meses. ¿Quieres que nos casemos en una iglesia, *cara*?

Asiento contra su pecho.

—Sí, me gustaría. —Alzo la mirada para encontrarme con la suya—. Eso es lo único que quiero para nuestra boda.

—Lo tendrás. —Besa mi frente en una suave caricia—. Eso y más.

Vuelvo a sonreír. Tengo la certeza de que Dante siempre me dará mucho más de lo que le pida. Era su manera de hacerme ver que me amaba. Ahora lo entiendo.

VEINTITRÉS

Vittoria

Dos semanas después

«**Y**o: Acabo de ver unos conjuntos que le quedarían perfectos a nuestros perros :)».

Sonrío cuando veo los tres puntos en nuestro chat, lo que significa que está preparando una ingeniosa respuesta para mí, y luego desaparecen. Casi podía imaginarme a Dante sonriendo mientras niega, asegurando que no era necesario tanta ropa para nuestros perros.

«Sexi prometido: *Cara*, los perros tienen incluso más ropa que tú».

«Yo: ¿Entonces puedo comprarles más?».

«Sexi prometido: Si quieres comprar toda una tienda de ropa para perros, hazlo. Cualquier cosa que te haga feliz tómala».

Se vuelve casi imposible releer el mensaje cuando la mirada se me empaña a causa de las lágrimas. Había estado llorando mucho últimamente cada vez que me decía algo así.

«Yo: Te amo».

«Sexi prometido: Regresa pronto y dímelo mientras te como el coño».

—¡Vi! —El grito de Eloísa me obliga a apartar la mirada de la pantalla, pero sus palabras ya habían tenido su efecto, mi rostro se sentía caliente. Sostenía en sus manos tres conjuntos perrunos de estilo princesa—. ¿Qué te parecen? Reina, Princesa y Duquesa se verán hermosas.

Asiento, y nos tomamos una selfi con los conjuntos para enviárselas a Dante. Le gustaba que le enviara fotos cada vez que salía, así estaba completamente seguro de que estaba bien.

—Tu hermano me ha dado autorización para comprar la tienda. —bromeo.

—Cariño, puedes comprar el centro comercial para ti, y Dante solo te preguntará si quieres cambiar algo.

Reímos y nos dirigimos a la caja para pagar. Llevábamos catorce conjuntos, uno para cada perro. Diez se quedaban en una casa de campo donde eran bien atendidos por cuidadores de perros. También estaban siendo entrenados, ya que, según Dante, podrían ayudar a la seguridad de la mansión. Íbamos tres veces por semana a llevarles cualquier cosa que se les comprara y a jugar con ellos. Teníamos un total de cuatro hembras en la manada, pero habíamos descubierto que a Cake no le gustaban los trajes de princesas; los hacía pedazos.

Salimos de la tienda y retomamos nuestro recorrido por el centro comercial con Renato y tres guardaespaldas más escoltándonos. Renato estaba de mal humor o, mejor dicho, ese era su estado normal desde hace varios días. Aunque podía considerarlo mi amigo, ya que pasamos mucho tiempo juntos, tenía la leve sensación de que si le preguntaba qué le molestaba, no me lo diría.

Eloísa tira de mí hacia una tienda donde venden cosas para bebés y mis pasos se ralentizan. Toma varios conjuntos y me los enseña.

—¿Te imaginas que en unos años estaremos en una tienda

como esta comprando ropa para nuestros hijos? —Suspira—. Me gustaría tener una niña algún día. ¡Oh! ¡Si tienes una niña, podrían ser mejores amigas!

Asiento con la emoción apretándome el corazón. Esta era mi vida ahora y me aseguraría de que mi futuro hijo fuera el bebé más querido y feliz del mundo. Él tendría todo lo que yo una vez solo pude soñar.

Recorremos la gigantesca tienda, bromeando y riendo. Armamos conjuntos con el anhelo de que algún día nuestros hijos sean amigos. Sonrío al ver los portabebés, imaginándome lo sexi que se vería Dante con uno de esos mientras alimentaba a nuestro hijo y hablaba de negocios con sus socios. Mi rostro se calienta ante la imagen y Eloísa se ríe de mí al tener una idea de con qué estaba fantaseando.

Me detengo a leer unos folletos sobre el embarazo, y Eloísa arrastra a Renato a ver unas carriolas. Los observo por unos minutos; harían una muy linda pareja. La constante alegría y efusividad de Eloísa encajarían perfecto con el constante ceño fruncido de Renato. Solo que ahora no estaba frunciendo el ceño, observaba a Eloísa con una pequeña sonrisa y seguía cada uno de sus movimientos. Mis labios se separan formando una pequeña «o». A Renato le gustaba Eloísa, pero a ella... La miro por unos segundos, su mirada no se apartaba de la de él, tenía el cuerpo inclinado ligeramente en su dirección y su sonrisa era más brillante de lo normal. ¿Era posible que a Eloísa le gustara Renato? ¿Pero qué pasaba con el alemán?

Decido que le preguntaré más tarde y devuelvo la vista al folleto en mi mano que habla sobre los síntomas del embarazo y de cómo lidiar con ellos. Menciona principalmente los más comunes: náuseas, mareos, vómitos y antojos. Siento que el color abandona mi rostro cuando leo «sangrado leve, mamas sensibles y cambios en el estado de ánimo». La semana pasada llegó mi periodo, pero solo había sangrado poco los dos primeros días. Mis pechos habían estado muy sensibles, pero suponía que era porque a Dante le gustaba mucho jugar con ellos. Y en cuanto a mis cambios de humor, era normal que una mujer los experimentara cuando estaba a días de su periodo o después de este, ¿no?

Me muerdo el labio inferior. Dante y yo no nos habíamos cuidado en ningún momento y teníamos mucho sexo. Existía la posibilidad de que estuviera embarazada, pero necesitaba estar segura. Dejo el folleto en su lugar y camino hacia Eloísa, que ahora estaba en el sector de juguetes para bebés.

—Eloísa —llamo atrayendo su atención, tenía dos juguetes en las manos y parecía estar mostrándoselos a Renato—, necesito que me acompañes a un lugar.

—¿Saldrá del edificio, señorita? —El tono profesional había regresado a la voz de Renato.

—No, no saldremos. Ven, vamos.

Había visto una farmacia varias tiendas atrás, así que nos guio a ella. Le pido a Renato que espere afuera de la farmacia, era un lugar pequeño, así que no era necesario que nos siguiera por todo el lugar. Recorro los pasillos con el corazón en la boca y solo me detengo hasta que encuentro lo que busco.

—Vi, me estás asustando. ¿Qué estamos...? Oh —Mira de mí a las pruebas de embarazo y repite la acción—. ¿Crees que estás embarazada? —susurra como si temiera que Renato la escuchara, pero era imposible que lo hiciera.

—No lo sé. —Tomo la prueba en mis manos—. Pero tendremos que averiguarlo.

Miro el pequeño objeto de plástico en mis manos. Luego de comprar la prueba, nos dirigimos al baño de mujeres. No podría hacerla en casa sin que Dante se diera cuenta. No me preocupaba la idea de estar embarazada, ya no. Pero aunque sabía que Dante quería ser padre, me preocupaba su reacción. De por sí era sobreprotector: llamaba a Renato cada treinta minutos para saber cómo estaba, aun cuando le escribía cada hora y le enviaba constantes fotos. Al principio no entendía su manía de saber sobre mi estado a cada segundo, pero con el paso de las semanas, comprendí. Dante había perdido a sus padres, y no pudo hacer nada para evitar ese resultado.

Me había contado la historia de esa noche. Sus padres salieron a una cena de negocios, pero Dante había estado tan inmerso en un videojuego, luego de un largo día de trabajo, que no había prestado atención a dónde irían. Él creía que, de haberlo sabido, habría estado al pendiente de que llegaran a su destino, pero no lo estuvo, y solo supo que algo no andaba bien cuando no llegaron pasada la medianoche. Se culpaba a sí mismo por no haber hecho nada para salvarlos. Trataba de que ese pasado no se repitiera, protegiéndonos a mí y a su hermana con todo el poder que tenía.

Así que, ¿qué haría si estaba embarazada? ¿Acompañarme a donde quiera que vaya? ¿O mantenerme en casa hasta que naciera el bebé? Lo creía capaz de cualquier cosa cuando se trataba de que estuviera a salvo, pero sin duda, quedarme en casa sin hacer nada, era algo que no consentiría. Por fin había descubierto que era buena en algo más que bailar, y estaba planeando abrir mi propia agencia para organizar eventos; me gustaba poder llevar el control de algo y amoldarlo a mi gusto.

El temporizador de mi teléfono suena, avisando de que los cinco minutos que debía esperar ya habían transcurrido. Sosteniendo el aliento, cuento hasta tres y miro la prueba en mis manos.

Mi corazón se acelera, tapando mis oídos y volviendo mis piernas temblorosas.

Escucho un golpe en la puerta y luego se abre.

Lo último que veo son los brazos de Eloísa, tratando de alcanzarme mientras me desvanezco.

Dos semanas después

Me obligo a mantener mi emoción a raya cuando entro con Eloísa a la *boutique* de vestidos de novia. Había postergado este momento toda una semana, ya que mi prometido quería asegurarse de que estaba completamente bien antes de dejarme salir de casa.

Cuando me desmayé hace dos semanas, Eloísa llamó de inmediato a Dante y le avisó. Para cuando llegó, ya me encontraba bien, pero eso no evitó que quisiera someterme a una exhaustiva revisión médica. Me negué, lo que le molestó, y eso era mucho mejor que ver el palpitante miedo en sus ojos. Luego de que llegamos a casa, se aseguró de que estaba bien él mismo, lo que nos llevó a un delicioso sexo de reconciliación. Habíamos pasado el resto del día en la cama, y se abrazó a mí como si temiera que desapareciera en cualquier momento. Me encargué de que entendiera que no iría a ningún lado.

Debido a que tuve que quedarme en casa, tuve mucho tiempo libre, así que comencé a hojear revistas para organizar la boda. Al final de la semana ya tenía un pequeño bosquejo de lo que me gustaría. Dante había hecho algunas modificaciones en cuanto a la distribución de las mesas para la recepción. Alejé de nosotros a aquellos que solían buscar conflictos en las reuniones de la *famiglia* y nos había rodeado por aquellos que no dudarían en levantar sus armas para protegerme si éramos atacados por un invitado indeseado.

En algunas familias había sido bien arraigado el dicho «la mujer de un don es la madre de la *famiglia*. Si la madre muere, los hijos irán en contra de sí mismos para encontrar al culpable y ganar el favor del don».

Dante aseguraba que la gente sentía empatía por mí y mi

historia, que se alegraban de que una mujer fuerte estuviera a su lado. Pero ambos sabíamos que esas palabras eran un velo. La verdad era más simple: todos querían agradarle a la mujer del don, porque eso significaba estar en la lista de los afortunados.

Recorro la hilera de vestidos, cada uno más lujoso que el anterior, y me pregunto si alguno de ellos podría cambiar la percepción que las mujeres de este mundo tienen de mí. Muchas, durante la gala, insinuaron que debía estar agradecida por haber sido «comprada» por un hombre como Dante. Sí, estoy agradecida, pero no por las razones que ellas creen. Estoy agradecida porque Dante me enseñó lo que es ser querida, valorada e importante para alguien, no por el dinero que acumula en su cuenta bancaria.

Seguramente, si elegía un vestido vulgar, dirían algún comentario sarcástico de que podías sacar a la chica del club de *stripper*, pero no a la *stripper* de la chica. Pero si me iba por algo mucho más recatado, también hablarían. Era lo mismo si elegía uno demasiado costoso o barato. Todo se volvía frustrante si me ponía a pensar que tenía que considerar cosas como estas para el día de mi boda, pero no lo haría.

Era Vittoria Armas y había sobrevivido a ser vendida por mi padre, manoseada y deseada por hombres asquerosos y casi asesinada. Nada que dijeran esas víboras podría arruinar «mi día» o el resto de mi vida.

Había perdido a Eloísa entre tantos pasillos, pero cuando mis ojos lo ven, mi corazón da un vuelco. Era un vestido estilo princesa con un escote de un solo hombro, lo que le daba un aire sofisticado. El vestido estaba por completo cubierto de pedrería y, por la forma en que estaba distribuida, creaba un efecto de estrellas titilando bajo las luces de la *boutique*. Era sencillamente hermoso.

—¡Eloísa! —grito sin apartarle la mirada al vestido. Llega a mi lado al cabo de unos minutos. Su respiración estaba agitada y parecía acalorada. Frunzo el ceño. Varios pasos detrás de ella, estaba Renato, tan impasible como siempre. ¿Llevaría ahí todo ese rato o había estado con Eloísa?—. ¿Estás bien?

Asiente sin apenas mirarme a los ojos.

—Lo siento. Me entretuve con los vestidos, y cuando me di la vuelta, ya no estabas. No sabía dónde te habías metido hasta que te escuché gritar.

—Está bien. No pasa nada. —Entrelazo mi brazo con el suyo. No vine aquí con la idea de probarme cientos de vestidos y modelarlos, sabía que cuando encontrara mi vestido ideal, lo sabría de inmediato—. Es este.

Las palabras salen de mi boca y el nudo que aprieta mi garganta se desata. La realidad me golpea con fuerza, pero no con terror. Es un golpe que le grita a mi pasado: «Jódete, soy feliz».

VEINTICUATRO

Dante

Observo desde el segundo piso de la Catedral de San Jorge a los invitados entrar. La espera de que este día llegara me había tenido nervioso y eufórico. Nunca me consideré un hombre con material para esposo, y luego de la muerte de mis padres, la idea de condenar a alguien al mismo posible destino alejó cualquier pensamiento de casarme, pero eso había sido antes de encontrar a Vittoria.

Conocerla no solo me hizo desechar mis planes, sino que me reveló lo egoísta que podía ser. La quería a mi lado, a pesar del riesgo constante al que la expondría. Por eso me había asegurado de tener a mis mejores hombres rodeando la catedral y protegiendo el perímetro. No permitiría que nadie estropeara el día de mi pajarito.

Entre los invitados, veo llegar a Ethan, Velkan, Mackenzie y Vladímir. Como miembros del *priesthood,* debían asistir a cualquier evento que fuera considerado importante, y este, sin duda, lo era. Yo me encontraba atado de manos por las mismas reglas, el día que ellos decidieran sentar cabeza, tendría que ir a sus bodas.

Los cuatro asienten en mi dirección cuando me ven y se

dirigen a sus asientos en primera fila. Con ellos había llegado un pequeño ejército de hombres que también se sumaría a la protección de la catedral. No me arriesgaría a que Daniele decidiera hacer acto de presencia a pesar de que llevaba más de un mes sin saber de él. Sus ataques a mis cargamentos de armas y drogas se habían detenido y Ethan aún no lograba sacarle mucha información al espía que encontró entre sus filas, solo que recibía el pago por sus servicios de manera anónima. Era lo suficientemente precavido como para creer que podía ser Daniele detrás de esos pagos. Su odio por mí iba más allá que cualquier otra cosa.

Me alejo de los barandales y regreso a la habitación que se me había asignado para terminar de alistarme. Vittoria estaba en el primer piso, junto con mi hermana. No la había visto desde la noche anterior y su ausencia me había tenido ansioso. Sabía que estaba bien, pero aun así dormir sin ella había sido imposible.

Pasquele se encontraba frente al espejo, terminando de anudar su corbata. Gira en mi dirección cuando termina y se acerca para arreglar la mía.

—Tú y tu padre siempre fueron malos con las corbatas.

—¿También lo ayudabas con ellas?

Asiente. Creo ver una sonrisa en su rostro, pero desaparece tan rápido que creo haberlo imaginado.

—Siempre lo ayudé. Era un buen hombre. —Palmea mi hombro cuando termina con la corbata—. Pensé de verdad que solo sería un capricho, pero me alegra haber vivido lo suficiente para verte casarte. Tu padre estaría orgulloso del hombre que eres. —Con un último apretón, sale de la habitación.

Sí, yo también esperaba que él y mamá estuvieran orgullosos, porque ahora comenzaré una vida al lado de la mujer que amaba, y eso era algo que siempre habían querido para mí.

Tomo una profunda inhalación cuando inicia la marcha nupcial, y entonces me giro. El órgano en mi pecho da una fuerte sacudida al verla. Era... era la viva reencarnación de la luz. Una estrella resplandeciente que llegaba a mi vida para eliminar toda oscuridad. Cada paso que di y toda decisión que tomé me habían llevado a este día. A ella.

Una sola lágrima cae por mi rostro, pero era más que suficiente para demostrarles a todas estas personas que Vittoria era mi mundo entero. Pero a diferencia de lo que muchos estaban pensando en este momento, el amor que sentía por ella no me hacía débil, sino más fuerte. Porque siempre lucharía por nosotros.

Pasquele la acompañaba. No había mostrado emoción cuando Vittoria le pidió que la llevara al altar, pero sabía que le afectó de forma profunda. Él no tenía hijas, quizás nunca se había permitido soñar con un momento como este. Ahora, viéndolo caminar junto a la mujer que sería mi esposa en minutos, podía ver lo verdaderamente feliz que era.

Tomo la mano de Vittoria cuando se detiene frente a mí y entrelazo nuestros dedos. Entrega su ramo a Eloísa, que había llorado de la felicidad cuando le pidió que fuera su dama de honor. Una vez que estamos frente al cura, todos toman asiento e inicia la ceremonia.

No aparto la mirada de Vittoria en ningún momento, irradiaba un brillo que resultaba imposible de ignorar. El velo caía a su alrededor, mezclándose con el blanco del vestido. No me había permitido verlo hasta el día de hoy, y debía decir que le quedaba perfecto. Sus ojos brillantes se encuentran con los míos, y solo puedo pensar en lo afortunado que era de ver el amor que sentía por mí en su mirada.

Era tan jodidamente afortunado de que no me hubiera odiado como había asegurado que lo hacía hace tiempo atrás. No sabría cómo vivir sabiendo que la única mujer que había logrado amar no quería estar a mi lado.

Tomo una de las argollas que Pasquele nos extiende, la deslizo por su dedo anular, donde se encuentra su anillo de compromiso, y recito mis votos.

—Yo, Dante de Santis, te tomo a ti, Vittoria Armas, como mi esposa. Desde el momento en que te vi cambiaste mi vida y la llenaste de luz. Prometo protegerte con mi vida, de cualquier peligro, de cualquier sombra que quiera acercarse a ti y apagar tu brillo. Tus sonrisas serán mi prioridad, mi mayor tesoro. Y prometo amarte hasta que la Tierra misma deje de existir.

En contra de las reglas de las ceremonias matrimoniales, la beso, probando en el proceso sus saladas lágrimas. Me alejo cuando escucho el carraspeo incómodo del cura. Vittoria toma la otra sortija de oro y la desliza por mi dedo, marcándome ante todos los demás como suyo, pero lo había sido desde hace mucho tiempo.

—Yo, Vittoria Armas, te tomo a ti, Dante de Santis, como mi esposo. Prometo amarte y respetarte siempre. Eres mi refugio, Dante. En tus brazos encontré la seguridad que siempre anhelé. Eres mi protector, mi confidente, mi compañero de vida. —Toma mi rostro entre sus manos y sonríe—. Me alegra tanto ser tuya —susurra.

—No mía como un objeto, siempre recuérdalo. Mía para adorar, amar y proteger. —digo las palabras que quise decirle aquella vez hace mucho tiempo, pero que había temido pronunciar en voz alta.

Volvemos a nuestra posición inicial, tomados de las manos, y el cura retoma sus palabras.

—Por el poder que me ha conferido la Iglesia, los declaro marido y mujer. Puede besar...

Un fuerte temblor sacude la catedral, mis piernas flaquean y Vittoria, a mi lado, también se tambalea. No reacciono lo suficientemente rápido cuando suenan dos explosiones en cadena y la construcción comienza a caerse a pedazos, por lo que la ola de personas que se aleja de las puertas principales para protegerse en el altar termina separándome de Vittoria.

Trato de abrirme paso entre la multitud, pero una última explosión por encima de nosotros vuela por los aires la cúpula de la catedral. No sé lo que me golpea entre tanto caos, pero mi visión se vuelve roja, y por último, negra.

Jadeo por aire, sintiendo una presión en mi pecho.

Abro los ojos a pesar del dolor que abruma mi cabeza. Miro a mi alrededor, todo era un caos, la catedral continuaba desmoronándose y los disparos resonaban con fuerza por doquier. Intento ponerme de pie, pero la presión en mi pecho se hace más fuerte. Bajo la mirada, encontrando un trozo de escombro en la mitad de mi caja torácica.

Esto era una mierda.

Llevo las manos al escombro e intento levantarlo, pero era demasiado pesado. Además, por el ardor en mi costado, debía tener más de una costilla rota. Busco a mi alrededor con la esperanza de ver a Vittoria, pero entre tantos invitados, era imposible encontrarla.

Nunca fui un hombre religioso, pero así como le dije, eso cambió. Tenía la creencia de que los ángeles la habían enviado a mi vida y ahora le pedía a esos mismos ángeles que la protegieran. Que no permitieran que saliera lastimada.

Con ese pensamiento en mente, renuevo mis fuerzas e intento mover de nuevo el trozo de escombro, en esta ocasión, se mueve. Ethan y Vladímir se encontraban a mi lado, ayudándome. Gimo por el esfuerzo, pero la siguiente respiración se vuelve más fácil de tomar cuando el escombro desaparece de mi pecho.

—Gracias.

—Que dejes de ser un idiota por un tiempo sería una mejor forma de darme las gracias. —Niego, sorprendido de que Ethan pueda sentirse tan tranquilo ante un ataque. Luego maldice cuando una bala pasa zumbando junto a su cabeza.

Nos acuclillamos detrás de una mesa cuando una ola de disparos vuela en nuestra dirección. Había hombres disparando desde las puertas principales, evitando que cualquiera pudiera escapar. Llevaban uniforme militar. Eran hombres de Daniele.

La ira sacude mi cuerpo. Se atrevió a arruinar el día de mi mujer e iba a pagar jodidamente por eso. Saco el arma que siempre llevaba conmigo de la parte trasera de mi traje y le quito el seguro. Miro a los hombres que están conmigo, ambos parecían listos para la acción.

—Si vez a Vittoria, llévala a un lugar seguro, ¿entiendes? —digo mirando fijamente a Ethan—. No permitas que alguien la lastime. O te juro que habrá una guerra entre Italia y Estados Unidos.

Asiente, no pareciendo tan relajado ahora. Sabía que no estaba mintiendo.

Salgo de nuestro escondite, dispuesto a encontrar a Daniele y matarlo. Nunca dejaría de pasar una oportunidad como esta, así que estaba seguro de que se encontraba en alguna parte. No dedico más de una mirada a los hombres de Daniele cuando les disparo. Por otro lado, mis hombres y los del *priesthood* también se encontraban haciéndoles frente.

Los rostros se vuelven borrosos a medida que el número de mi lista de muertos va ascendiendo, pero no me importaba esa cifra, significaba una amenaza menos para Vittoria, y si fuera necesario, quemaría todo con tal de que estuviera a salvo.

Cuando la última bala sale de mi arma, la dejo caer y tomo la navaja que había guardado dentro de la chaqueta de mi traje. La sangre cubre mis manos luego de matar a dos soldados de Daniele, cortándoles la garganta. Eran como parásitos, por uno que mataba, salían tres. Logro llegar a la entrada principal de la catedral y mato a los cuatro hombres que se estaban asegurando de que nadie saliera. En cuanto el camino está libre, alguna de las mujeres salen corriendo.

El sonido de varios disparos a mi espalda me hace darme la vuelta.

Una maldición reverbera en mi pecho cuando lo veo saliendo de una camioneta blindada con arma en mano. El muy cobarde había estado escondido, esperándome, mientras sus hombres daban la vida por sus órdenes. Observa con desdén a las mujeres que se apresuran a rodearlo cuando lo ven, pero tal y como había creído, no las mata.

Llevaba su uniforme táctico y una mirada asesina lo acompañaba.

—Eres un hijo de puta —le grito, deseando poder atravesar su garganta con mi navaja.

—Qué mejor manera de joder al gran don que en su boda. —Sonríe, sacando dos cuchillos de su chaleco—. Por cierto, enhorabuena. Aunque lamento que tu esposa tenga que convertirse en viuda el mismo día que se casó.

Me río en su estúpida cara al escuchar la barbaridad que ha salido de su boca. Luego arremeto contra él. Tal vez era un poco más alto y fuerte, pero yo tenía más entrenamiento, velocidad y un buen motivo para vivir.

Él no, estaba solo, consumido por su ira y venganza, y eso mismo sería su muerte.

Le doy pelea hasta cansarlo un poco, luego mis ataques se vuelven letales. Apunto a su garganta y rostro, pero se protege, aun así, lo apuñalo un par de veces en los brazos y piernas. Se le veía cansado y sudoroso, era cuestión de minutos para que alguna de sus defensas fallaran, y cuando eso pasara, lo mataría.

Separaría la cabeza de su cuerpo y se la daría de comer a las ratas.

Sonrío cuando se tambalea hacia atrás.

—Mi esposa jodidamente no quedará... viuda.

Todo en mi interior se sacude cuando siento el ardor por todo mi pecho.

Vittoria

Un fuerte zumbido en mis oídos es lo primero que siento, luego el dolor en mi sien. Con las piernas temblorosas me pongo de pie y miro a mi alrededor. Había hombres en traje disparando a lo que parecían ser militares.

No pierdo el tiempo tratando de entender lo que está pasando y me apresuro a protegerme de los disparos. Había escombros de la catedral y cuerpos por todas partes. Me trago la bilis, mi boda se había convertido en la Boda Roja.

Miro a mi alrededor una vez que estoy escondida detrás de una pared en busca de Dante. La multitud nos había separado y no pude encontrarlo antes de que uno de los escombros que cayó me golpeara la cabeza. El terror y los escenarios de lo que podría haberle sucedido trataban de abrirse paso por mi mente, pero no lo permitiría. Debía ser fuerte por nosotros.

Tomando una última respiración, salgo de mi escondite. No tenía nada con lo que defenderme de los disparos, pero tal vez uno de los hombres en el suelo tendría un arma. No sabía cómo usar una, pero me haría sentir más segura.

Manteniéndome agachada, ya que con el vestido de novia era como tener una diana en la espalda, recorro la cantidad abrumadora de cadáveres hasta encontrar un arma a un par de pasos del cuerpo inerte de un hombre. No miro su rostro, este podría salir en mis pesadillas más tarde, y tomo el arma. Mantengo el cañón alejado de mi cuerpo, ya que no debía tener el seguro puesto. Con suerte, tendría balas y podría defenderme llegado el momento.

Al otro lado de la catedral vislumbro la toga del cura, estaba agachado bajo unas mesas y parecía estar rezando. ¿Tal vez había visto a Dante? Teniendo cuidado de no llamar la atención de uno de los uniformados, ya que era claro que estaban aquí por mi esposo, y podrían usarme para atraerlo, me deslizo entre las sillas en el altar. A mi derecha había una mesa de roble volcada y dos hombres se encontraban usándola como cubierta mientras disparaban. Iban vestidos de traje, así que debían ser invitados de la boda.

Estoy por dirigirme a ellos cuando un fuerte tirón en mi cabello me hace gritar de dolor. Aprieto el arma entre mis manos y sin ver quién es la apunto y disparo hasta que no sale ninguna bala del arma. Con la respiración temblorosa y a punto de desmayarme, me giro encontrando a uno de los militares muertos. Tenía tres agujeros: uno en lado derecho del pecho, otro en el hombro y por último uno en el ojo. Alejo la mirada rápidamente y me encuentro con uno de los hombres a los que había estado por dirigirme, se había acercado a mi escondite.

—Supongo que eres la esposa de ese idiota. —La manera en que se refiere a Dante hace que mi cuerpo se tense y quedo lista para defenderme, parece notarlo, porque levanta las manos en señal de rendición—. Tranquila. Soy de los buenos. —Con lentitud, lleva la mano a su espalda y saca un arma—. Toma. Me parece que la necesitas. Le quitaré el seguro, así que ten cuidado.

Asiento, aceptando su ofrenda. El peso del arma me hace suspirar de alivio.

—¿Sabes dónde está Dante? —Los disparos continuaban resonando con fuerza a nuestro alrededor, pero seguía sin verlo.

—Fue detrás de Daniele. El hombre que orquestó todo esto.

¿Había ido a enfrentarlo solo?

—Llévame con él.

—Lo siento, cariño, pero Dante me dijo que si te encontraba, te llevara a un lugar seguro. Él irá por ti después.

Mi mandíbula se aprieta.

—Van a hacer que lo maten y no puedo permitir que eso pase. Llévame con él, por favor.

No sé lo que vio en mi mirada, tal vez el miedo de perder a Dante sin decirle la verdad, pero asiente.

—Mantente detrás de mí, y si te digo que corras, lo haces.

Lo sigo entre los escombros, manteniéndome a su espalda. Dispara a varios hombres a medida que avanzamos, pero apenas registro esa información. Me encontraba alerta por si veía a Pasquele, Renato o Eloísa. Renato había estado cerca de Eloísa antes de que la cúpula volara en pedazos, así que tal vez se encontraba bien.

Cuando nos acercamos a la entrada de la catedral, cada vello de mi cuerpo se eriza al ver a Dante. Estaba peleando con otro hombre que parecía ser más alto y fuerte que él con solo una navaja en la mano.

—Mierda —dice el hombre frente a mí—. Eso no parece nada bueno.

—Mátalo. —Las palabras salen de mi boca antes de pensarlo, pero no me sentía culpable de querer sentenciar tan fácil la vida de este hombre. Él había ido detrás de lo que más quería.

—No puedo interferir. Es contra las reglas.

Una ira me invade, ardiente, devastadora, mientras veo cómo golpean al hombre que amo. ¿Por qué no tomó un arma en vez de una simple navaja? El hombre frente a él evadía sus golpes con rapidez, pero también parecía ligeramente inestable. Veo el arma a la que mi mano se aferraba, ¿podría acabar esto y evitar que tuviera más heridas provocadas por los cuchillos del otro hombre? Si me acercaba lo suficiente, tal vez... Un grito se retuerce en mi garganta al ver a uno de los militares alzar su arma.

Un latido.

Eso es lo que demoro en reaccionar, pero había sido tiempo suficiente. El primer disparo resuena en mis oídos con fuerza, pero el segundo y los que le siguen salen de mi arma cortando el aire. Le disparo al militar por la espalda mientras la adrenalina me impulsa hacia adelante, evitando que me desmaye por la cantidad de emociones que experimentaba mi cuerpo en este momento. Daniele me ve levantar el arma un minuto antes de que vacíe todo el cargador en su cuerpo. Tenía cero puntería, pero la ira y la sed de venganza me habían vuelto tan certera como la misma muerte.

Con un terror que nunca había experimentado, ni siquiera cuando Abele me encerró en ese sótano por segunda vez, corro hacia Dante, que se encontraba en el suelo. Caigo de rodillas y presiono las manos contra su herida. La sangre salía de su costado, era... Era demasiada sangre.

—Aguanta, cariño —susurro—. Por favor, resiste.

Los disparos continuaban a nuestro alrededor, pero cada vez eran menos. El hombre que me había dado el arma se deja caer al otro lado de Dante con el teléfono en la oreja.

—Pajarito...

Me inclino sobre él, encontrándome con sus hermosos ojos, pero estos estaban vidriosos. Se estaba desangrando.

—No puedes dejarme. —Lloro—. No puedes dejarnos, Dante. —Dejo caer mi frente sobre la suya—. Estoy embarazada.

La sonrisa que me da podría iluminar la noche más oscura y hace que mi corazón sangre.

—Voy a ser papá.

Asiento, con las lágrimas deslizándose por mi rostro.

—Te prohíbo que nos dejes. Así que lucha, por favor.

El sonido de las sirenas se escucha, manteniendo la presión sobre la herida, lo beso. Su mano, aunque débil, me aprieta la nuca.

—Te amo, Dante. Mi corazón siempre ha sido tuyo —logro decir entre lágrimas—. Por favor, quédate conmigo.

Cuando me subo a la ambulancia, negándome a alejarme de él, está cerca de la inconsciencia, así que lo mantengo despierto contándole lo que en realidad había sucedido ese día en el centro comercial, de que antes de desmayarme había visto el «embarazada» en aquella prueba. Le cuento cómo sus acciones y palabras habían hecho que me enamorara de él. Que anhelaba más que nada pasar el resto de mi vida a su lado, viviendo en nuestra casa con nuestra pequeña manada.

Uno de los enfermeros debe agarrarme de los brazos cuando llegamos a la clínica y tienen que llevarlo al quirófano. Pataleo, grito y maldigo, dejando que todo el miedo y dolor se liberen hasta que no queda más que un frío y lacerante miedo torturando mi alma. No me desmayo, lo cual habría sido bienvenido, permanezco caminando en la sala de espera hasta que llega Eloísa con su vestido mugriento y lleno de sangre, a su lado estaba Renato, no se encontraba en mejor estado, pero no parecía estar herido.

—¿Y Pasquele? ¿Está bien? —pregunto con la voz rota dejándome caer en el suelo. Estaba tan cansada, pero mi cerebro no quería apagarse.

Eloísa me dedica una mirada llena de lágrimas y entonces niega.

Mi corazón se rompe en mil pedazos por Dante. Dios, era un segundo padre para él y ahora también lo había perdido. Había perdido a tantas personas a lo largo de su vida y no se lo merecía. Él no era malo. Era el mejor hombre que había conocido y merecía ser feliz.

No digo nada durante las largas horas que Dante permanece en el quirófano. Ambas nos aferramos a la otra como si fuéramos nuestros salvavidas personales, y solo cuando el doctor sale lleno de sangre, su sangre, y nos dice que está estable, pero que no podremos verlo hasta el día siguiente, mi cerebro decide desconcertarse del mundo tiñendo de negro todo a mi alrededor.

VEINTICINCO

Dante

La luz blanca era tan intensa que sentía que me quemaba los ojos. Intento parpadear, pero el dolor punzante de mi cabeza se sentía como el eco del golpe de un martillo y amenazaba con destrozarme el cráneo. No sabía dónde estaba, una bruma acompañaba mis recuerdos haciendo difícil poder discernirlos, pero lo que sí recordaba era la voz de mi esposa pidiéndome que no la abandonara. Quise decirle mientras veía el dolor y el miedo desgarrando sus facciones que nunca la dejaría, pero el dolor y la pesadez me hicieron imposible formular más allá de unas pocas palabras.

Creía recordar también una confesión, pero no estaba seguro de si era una ilusión de mi mente, mostrándome una de las cosas que más anhelaba antes de ir al valle de la muerte.

Intento moverme, pero un quejido sale de mis labios en su lugar. No sentía mi cuerpo, solo una sorda molestia en mi costado derecho. Bajo la mirada, encontrándome con una pequeña mujer, hecha un ovillo, a mi lado. Se veía tan pequeña, tan indefensa, como la primera vez que la vi, pero mi mujer no era y nunca fue nada de eso.

—*Cara.* —La palabra me desgarra la garganta, pero es suficiente para conseguir que se mueva entre sueños. La observo parpadear, su entrecejo se frunce y sus labios forman un hermoso puchero que en otras circunstancias habría besado. Esta era la expresión que ponía cada vez que despertaba. Demora un par de segundos más en darse cuenta de que estoy despierto, pero cuando lo hace, sonrío. Amaba tener sus ojos sobre mí—. Hola, pajarito.

Esta vez las palabras salen más fácil, pero aún sentía que mi garganta estaba siendo partida en dos. Vittoria se percata y se apresura a acercarme un vaso de agua a los labios, luego toma mi mano entre las suyas y muerde la almohadilla de mi dedo anular, al igual a como yo lo había hecho cuando se portaba mal.

—¿Por qué ha sido eso?

—Por ir por ese hombre completamente solo.

Besa la almohadilla de mi dedo.

—¿Y eso por qué, *cara*?

—Por haber regresado a mí.

Sonrío, prometiéndome nunca más hacerle creer que la dejaré.

—Ven aquí, esposa mía. —Tiro de su mano para luego sujetarla de la nuca—. Quiero una verdadera bienvenida.

Tomo sus labios entre los míos y la beso, lento al principio, pero cuando el roce de su lengua contra la mía sacude mis nervios, el beso sube de nivel. Estaba vivo, había burlado a la muerte por poco, y estaba de vuelta en casa. Bajo la mano, acariciando su delicado cuello, luego sus pechos y, seguidamente, su vientre plano. Dejo la mano ahí, anhelando que las palabras que creí escucharla decir fueran reales.

Con un último beso a sus dulces labios, me alejo.

Necesitaba saber.

—¿Es verdad? ¿Estás embarazada?

Pone su mano sobre la mía y asiente.

—Lo estoy. Tengo un mes y dos semanas.

Las lágrimas inundan sus ojos, pero no caen. Era real. Iba a ser padre. En su vientre estaba creciendo mi hijo.

No tengo tiempo de decir nada de esto, porque entonces el brillo de su mirada se apaga.

—Tengo que decirte algo más, cariño.

El pánico me oprime las entrañas, imaginando los distintos escenarios de lo que podría haber sucedido en mi ausencia.

—¿Qué ha pasado?

—Pasquele... Él no sobrevivió al ataque, cariño.

Las palabras en un principio no soy capaz de procesarlas, pero entiendo lo que está pasando, la tristeza abruma mi corazón. Pasquele había hecho tanto por mí y mi familia que ninguna medida de tiempo habría sido suficiente para agradecerle. Me enseñó cómo ser un don, un buen líder. Me protegió y salvó la vida más de una vez. Fue un consejero, amigo, un padre. Y ahora nunca más podría escuchar sus sabias palabras o ver la burla en su mirada cuando algo no salía como quería.

Su pérdida me dolía, sentía que había fallado, porque tampoco había podido protegerlo, pero estaba seguro de que me regañaría si pudiera escuchar mis pensamientos. Él conocía los riesgos, todos éramos conscientes de estos.

—¿Cómo murió?

—Dante... —Niego.

—Quiero saber.

—Estaba cubriendo a Renato y a Eloísa cuando le dispararon. Fue un disparo en la cabeza, ni siquiera lo sintió.

Asiento, sabiendo que para él esa había sido una forma digna de morir. Ojalá la muerte no hubiera querido llevárselo tan pronto.

—¿Ellos están bien?

—Sí. Eloísa ha estado triste por Pasquele. Dijo que nunca se permitió conocerlo de verdad y murió protegiéndola. —Acaricia mi mejilla—. ¿Estás bien?

181

¿Lo estaba?

Era una excelente pregunta y no tenía respuesta para ella. En el pasado me habría levantado de esta cama y hubiera perseguido a los hombres que lo mataron, pero a Pasquele nunca le gustó la venganza. No disfrutaba de matar a las personas. Así que regresando a su pregunta, lo estaría. Solo necesitaba tiempo.

—Lo estaré. —Pongo mi mano sobre su vientre—. ¿Tú estás bien? ¿Nuestro pequeño lo está?

—Lo estamos. Y podría ser una pequeña bebé.

La imagen de una niña con sus ojos pasa por mi mente. Muy bien la muerte podría estar riéndose de mí en este momento, si era una niña, habría muchas nuevas almas masculinas en el infierno.

—Tal vez deba comenzar a eliminar la tasa de población masculina.

Se acuesta a mi lado y se acurruca contra el costado de mi cuerpo que no estaba herido. Besa mi barbilla y descansa la mano sobre mi pecho, justo donde latía mi corazón.

—Primero debes sanarte. Luego iremos a casa. Giada y los chicos te extrañan. Y nuestra manada perruna también.

—Bien, pero a cambio quiero algo.

—Dime tu precio, señor De Santis. —Escucho la burla en sus palabras. Oh, mi dulce pajarito, más tarde te arrepentirás de tus palabras.

—Quiero que una doctora te revise de inmediato. Que hagan un ultrasonido también.

—Todo eso lo hicieron hace un par de horas.

—No me importa.

Suspira contra mi cuello.

—¿Si lo hago calmará tu dulce manía de saber siempre que estoy bien? —Asiento—. En ese caso, llamaré a la doctora.

Intenta levantarse de la cama, pero la detengo.

—Todavía no es de «inmediato». Quédate y hazle compañía a un hombre moribundo.

Ríe, pero se presiona contra mi cuerpo.

—Eres imposible, ¿lo sabías?

—Así me amas. —Lo que digo es una certeza, pero quería escuchar salir esas dos palabras de su boca.

Besa mi hombro.

—Así es. Te amo, cariño.

—Te amo, pajarito. —Beso su cabello, bañándome en su aroma—. Y gracias.

—¿Por qué?

—Por matar al hombre que asesinó a mis padres.

La había visto hacerlo. Ella, mi brillante luz, le había arrebatado la vida a Daniele. No lo dudó y, sin saberlo, quitó un peso de mis hombros.

—Somos un equipo, esposo mío, y siempre lo seremos.

Epílogo

Dante
Seis meses después

Mantengo la mano sobre el vientre hinchado de Vittoria mientras observamos a Ethan y a su esposa rusa. Vittoria, a mi lado, se balancea al ritmo de la canción y entonces recuerdo que nunca hicimos nuestro baile oficial como esposos.

La tomo de la mano y beso sus nudillos.

—¿Desea bailar conmigo, señora De Santis?

Sus mejillas sonrojadas por el calor de Los Ángeles se hinchan cuando me dedica una de esas sonrisas que eran exclusivamente para mí.

—Será un placer, esposo.

Nos guío a la pista de baile y comenzamos a bailar al ritmo de la canción. Su vientre hinchando se aprieta contra el mío y no puedo evitar sonreír. Estábamos esperando a una niña y en dos meses podría tenerla en mis brazos. Ya habíamos arreglado su habitación y tenía más ropa de la que podría llegar a usar. Su

184

madre y su tía tenían la tendencia de siempre que salían llegar con algo para mi hija.

Eloísa, sin duda, consentiría a mi hija en exceso y tal vez eso aleje a todos los posibles hombres que querrán arrebatarme a mi niña. Aún existía la posibilidad de que comenzara a reducir las amenazas de sexo masculino, tal vez debería hacerlo cuando Vittoria durmiera, ya que no estaba de acuerdo con que matara a todos los hombres en Italia.

Podría intentar convencerla de nuevo más tarde.

Hago girar a mi esposa y en el proceso mis ojos se detienen en dos figuras bailando al otro lado de la habitación. Renato y Eloísa. No sabía muy bien cómo sentirme respecto a su relación, estaban juntos desde hace dos meses, pero no lo comprendía. Había descubierto que a mi hermana le gustaba un tipo en Alemania, ¿pero qué había pasado con él? ¿No funcionó y fue detrás de uno de mis hombres? Cada vez que intentaba abordar el tema, lo evadía, pero sabía que había mucho más detrás de esa historia.

La canción termina y volvemos a nuestra mesa. Vittoria se deja caer en la silla, pareciendo agotada. El último mes había sido difícil para ella. Sus piernas y pies se hinchaban, lo que dificultaba que caminara la mayoría de las veces, pero aun así encontraba el tiempo para dirigir su negocio desde casa. Había abierto su propia agencia de eventos y era todo un éxito. Cada evento que realizaba era más espléndido que el anterior. De hecho, Ethan la había contratado para organizar su boda, y por las expresiones de las mujeres cuando entraron a la iglesia y salón de recepción, les había fascinado el trabajo de mi esposa; no es que alguna vez dudara de su talento.

Traté de convencerla de no venir a la boda de Ethan, pero dijo que sería de mal gusto, ya que él la había protegido el día del ataque a nuestra boda.

—Pajarito, pon los pies aquí —digo, golpeándome el regazo.

—Dante, estamos en una boda.

—Me importa una mierda. —Giro su silla, tomo sus piernas y le quito las sandalias para comenzar a masajearle la planta de los pies—. ¿Mejor?

Gime audiblemente y asiente.

—Sí.

Continúo masajeando hasta que vuelve a gemir y dos hombres se giran a verla con interés.

—*Cara,* si no quieres que nadie muera hoy, tendrás que guardar esos soniditos para cuando te tenga abierta de piernas para en mí en nuestra cama.

Sonríe, pícara.

—Puedo morderte la mano de nuevo. La última vez la marca duró varias semanas.

La sangre corre hacia el sur cuando el recuerdo de tener mi polla enterrada en su culo golpea mi mente. Habíamos estado en mi oficina y varios capos estaban esperando fuera de esta para una reunión, pero cuando mi esposa necesitada por las hormonas deseaba ser follada, todos debían esperar.

—Tal vez deberías hacerlo. Disfruto teniendo tus marcas sobre mí.

Su sonrisa se ensancha y gira la atención hacia el público. La observo mientras alivio la hinchazón de sus pies. No importaba cuánto tiempo dedicara a observarla, siempre descubría un detalle nuevo en su rostro y nunca me cansaría de contemplarla, amarla o adorarla.

Después de todo, los buenos finales sí existen para hombres como yo.

Dos años después

—¡Aurora! —grito desde las escaleras de la casa el nombre de mi hija—. Voy a encontrarte. —El eco de su risa resuena por todo el segundo piso, es seguido después por un «shh» de su madre. Se había escondido en cuanto llegué a casa luego de un largo día de trabajo.

Procuraba no irme por muchas horas de casa, ya que me era una tortura estar lejos de mi esposa e hija, pero cuando era necesario, me aseguraba de que estuvieran bien protegidas. Nos habíamos mudado hace un año luego de encontrar la casa que Vittoria me había descrito tiempo atrás. La casa estaba rodeada por una bonita verja blanca, teníamos un amplio jardín para que Cake y Pumpkin jugaran, y había mandado a construir un granero de dos pisos para que el resto de los perros vivan cómodos. Uno de los motivos por los cuales me gustó esta casa fue por la gran cantidad de hectáreas que tenía. Controlaba y vigilaba cada kilómetro que rodeaba la casa y los perros por las noches se unían a mis hombres.

El sonido de unas pisadas en la habitación de mi hija atrae mi atención. Cuidando que mi esposa no pueda escucharme, me acerco sigilosamente. Nos habíamos estado turnando para cuidar a Aurora, así no tendría que dejar de trabajar en ningún momento, no es que lo necesitara, teníamos dinero para más de diez generaciones, pero la hacía feliz y nunca la privaría de algo que ponía esa hermosa sonrisa en su rostro.

—Hay que guardar silencio, cariño. Tu papi no puede encontrarnos; si lo hace, ganará. —Escucho murmurar a mi pajarito detrás de la puerta—. Además, así es más divertido darle la bienvenida a casa.

Sonrío, porque tenía razón. Llegar y encontrar que quería jugar junto con mi hija me hacía sentir ligero, en calma. Recordándome que a pesar de toda la mierda que me rodeaba, tenía mi pedacito de cielo.

Con ese pensamiento en mente, abro la puerta para sorprenderla, pero su grito y las palabras «Tendré un hermanito, papi» escritas en la pancarta frente a mí, son las que me sorprenden.

—¡Sorpresa! —Su brillante sonrisa y su rostro sonrojado me saludan. Entre sus brazos sostenía a mi pequeña Aurora, quien llevaba un hermoso vestido azul cielo. Sus ojos verdes me llaman de inmediato, eran igual de hipnotizantes que los de su madre.

Estira las manitos hacia mí y balbucea.

Mi pecho se calienta ante la imagen. Era jodidamente afortunado.

—¿Es cierto, pajarito? —pregunto acercándome a ella para luego tomarlas entre mis brazos. Su aroma me envuelve de inmediato. Beso sus suaves labios y luego la frente de mi hija—. ¿Aurora tendrá un hermanito?

Asiente sin dejar de sonreír.

—Lo supe hace unos días. Desde entonces Aurora y yo estuvimos pensando cómo decírtelo.

—Así que no solo estabas jugando a las escondidas. Sabías que estaba detrás de la puerta cuando dijiste que no debía encontrarlas, ¿verdad?

—Se está volviendo viejo, señor De Santis, lo escuché venir.

Mi cuerpo se calienta antes sus atrevidas palabras. Me inclino rozando la concha de su oreja con mis labios.

—Estoy seguro de que estarás encantada de escucharte venir en las próximas horas. —Me alejo sonriendo al ver como su rostro se sonroja. La beso de nuevo, esta vez rozo mi lengua con la suya por unos minutos y luego tomo a Aurora en mis brazos—. Ve al baño y espérame en la ducha. Iré en un momento.

Sale de la habitación y me dispongo a mecer a mi hija por varios minutos, hasta que se queda dormida. Los primeros meses fueron difíciles, pero luego descubrimos que le gustaba que yo la durmiera. Su mamá y ella tenían eso en común, a Vittoria le encantaba dormir entre mis brazos o sobre mí.

Cuando llego a nuestra habitación, luego de acomodar a

Aurora en su cuna, no puedo evitar sonreír al ver a mi esposa luciendo un sexi juego de lencería color negro mientras está de pie en el centro de la habitación frente a una silla. Disfrutaba desobedeciendo mis órdenes y yo disfrutaba de castigarla.

Con el mando a distancia, comienza a reproducir una canción en los altavoces de la habitación.

—¿Le gustaría un baile, señor De Santis?

Acorto la distancia entre nosotros y la tomo de la barbilla.

—Solo si es usted quien me lo da, señora De Santis.

Sonríe.

—En ese caso, estaré encantada de bailar toda la vida para ti.

FIN

Sigue la saga Priesthood en la segunda novela de esta serie:
Modelando para un asesino
Obtenla aquí: https://relinks.me/B0DL93K8MH

Suscríbete a mi lista de correo y mantente informado de mis
nuevas publicaciones: https://bit.ly/ListaGeneralRS

Notas

PRÓLOGO

1. Palabra denigrante para las mujeres. En italiano.

3. DANTE

1. Significa «asesor» en italiano, y este se encarga de aconsejar al don sobre todas sus acciones y movimientos. Es su mano derecha no militar.
2. «Niña» en italiano.

5. VITTORIA

1. «Hola, estrellas» en italiano.

10. DANTE

1. «Eres un idiota» en alemán.

14. DANTE

1. «Sacerdocio» en inglés. Se refiere a una organización criminal conformada principalmente por la mafia siciliana.

19. VITTORIA

1. «Calabaza» en inglés.
2. «Tarta» en inglés. Es un juego de palabras, ya que «pumpkin cake» significa tarta de calabaza.

Índice

Créditos	iii
Playlist	v
Prólogo	ix
1. Dante	1
2. Vittoria	8
3. Dante	13
4. Dante	23
5. Vittoria	29
6. Dante	35
7. Vittoria	41
8. Dante	46
9. Dante	53
10. Dante	59
11. Vittoria	64
12. Dante	70
13. Vittoria	77
14. Dante	83
15. Vittoria	90
16. Dante	97
17. Vittoria	107
18. Dante	114
19. Vittoria	120
20. Dante	130
21. Vittoria	138
22. Dante	151
23. Vittoria	158
24. Dante	166
25. Dante	179
Epílogo	184
Notas	191